LE MAVZOLÉE, TRAGICOMEDIE.

PAR

A. MARESCHAL.

A PARIS,
Chez TOVSSAINCT QVINET, au Palais.
dans la petite Salle, ſous la montée de la
Cour des Aydes.

M. DC. XLII.

AVEC PRIVILEGE DV ROY.

A MONSIEVR DE MONTAVRON.

MONSIEVR,

Iugez si ma temerité n'est pas extréme. Ie m'addresse au plus riche, au plus magnifique, au plus liberal du monde; pour luy faire vn present; & encore d'vne Nature si étrange, que si auecque ces premieres qualitez, il n'auoit celles d'vn courage & d'vne generosité sublime, ce seroit assez pour luy faire horreur, puis que ie ne luy offre qu'vn Tombeau. Toutefois c'est le plus superbe que l'Antiquité ait iamais veu, & qui ayant passé pour vne des sept merueilles du Monde, & pour le reste le plus raisonnable des siecles passez; ne pouuoit estre plus iustement addressé qu'à la huitiéme, & à la veritable merueille de nôtre siecle. Ce seroit offenser vôtre courage que de chercher des exemples & des persuasions dedans la meme Antiquité, pour le fortifier contre ce qu'il y a d'horrible en ce present; & pensant l'adoucir à dessein de vous le rendre agreable, ce seroit vous traiter de delicat, lors que ie n'ay dessein que de vous considerer genereux. Que les Egyptiens, par vne coûtume misterieuse, au milieu de leurs festins & de leur réjoüissance fissent apporter vne téte de Mort, afin de se la rendre familiere dans la joye: Qu'au plus haut faste & au couronnement des Rois de Perse elle leur fût mise en spectacle, & que l'on ne les éueillât qu'au son de ces paroles, (*Souuenez vous qu'il faut mourir.*) C'est, Monsieur, ce qu'vn autre vous rapporteroit, pour vous rendre plus familier vn don qui n'est de dégoût qu'aux timides & aux delicats. Moy, ie vous traite bien plus dignement; ie ne cherche point ces exemples specieux pour en couurir & dorer mon present, afin de le faire treuuer plus doux & plus agreable à vos mains: mais ie porte ouuertement à vos yeux, & presente à vôtre courage les marques de celle qu'il n'a iamais crainte, & qui fait trembler tout le monde. Vous l'auez veuë en vos plus jeunes ans, ie ne diray pas sans effroy, mais plustôt auec vne ardeur boüillante qui vous la faisoit chercher au milieu des rangs & des bataillons, lors que portant les armes pour le Roy, vous le seruiez en homme de vôtre naissance & de vôtre condition. Ie ne vous represente tel en cét endroit, qu'en faueur de vôtre courage, & de ces fortes & brillantes qualitez, que couure maintenant vne occupation plus douce, mais non moins épineuse, vtile, & necessaire au Roy & à l'Etat. Encore est-ce bien moins pour vous loüer en l'vne & en l'autre profession; puis que c'est vn trop vaste champ pour vne lettre de si petite étenduë, & qui ne pouroit contenir dedans ses iustes bornes la moindre de ces rares vertus, qui vous rendent recommandable à sa Majesté autant qu'à son Eminence, considerable aux Princes & à tous les Grands de ce Royaume, vtile au Conseil & agreable aux Ministres, enfin admirable à toute la France. C'est donc seulement pour montrer à ceux qui n'ont pas si bien que moy étudié vôtre vie, & qui n'en regardent & n'en admirent que l'éclat present, que ce que i'ay dit de vôtre courage ne va point au delà de vôtre profession, & que si vous allez aujourd'huy à la gloire de Nestor, ce n'est que sur les pas d'Achylle. Qu'vn autre vous admire liberal, courtois, prudent, adroit, pompeux, magnifique, & dans toutes ces vertus plus douces, qui vous font aymer generalemét & de l'vn & de l'autre sexe: ce n'est que comme genereux que ie vous considere icy, pour vous faire sans frayeur & sans delicatesse accepter vn illustre Tombeau. Ne vous allarmez point, Monsieur: c'est le plus digne present que ie pouuois faire à vn homme si digne, & ce qui reste à desirer à celuy qui possede, & se doit voir continuer dans le beau cours de ses longues années tous les tresors d'vne glorieuse vie. Comme la vôtre est le plus bel objet des plus beaux vœux: chacun l'admire; beaucoup de plumes l'ont loüée; & moy ie la viens couronner: puis que ie luy presente ce qui dans sa fin ne luy en promet point, & qui luy reserue vne durée eternelle. Enfin c'est ce qu'attendent tant de grandes & de vertueuses actions, & ce qui doit enfermer auec autant de respect que de magnificence, V N, dont le nom ne doit point auoir d'autre Tombeau que tout l'Vniuers. Voila le MAVZOLEE que doit esperer vn si grand NOM, & cét illustre NOM doit rendre ce MAVZOLEE plus durable & plus merueilleux que l'autre, si vous luy permettez l'honneur incomparable qu'il aura de le porter, & à moy celuy de me dire,

MONSIEVR,

Vôtre tres-humble & tres-affectionné seruiteur,
A. MARESCHAL.

AV MESME;
Luy dédiant le MAVZOLEE.
SONNET.

QVels miracles produit ta vertu non commune?
Ie pense, en te voyant si propice aux humains,
Que le Ciel a choisi tes liberales mains,
Et veut tout enrichir de ta seule fortune.

Tu reduits, MONTAVRON, mille vertus en vne;
Tes presens sont toûjours außi nobles que saints;
Alexandre en fit mille, & mille furent vains;
Le Ciel rend par les tiens sa faueur oportune.

Qu'attendent tes bien-faicts? qu'attend ta pieté?
Quel autre prix attend ta generosité,
Qu'vn trône dans le Ciel, en terre vn Mauzolée?

Te fay-je pas vn don assez noble, assez beau;
S'il ne peut plus rester à ta vie immolée,
Pour te rendre Immortel, qu'vn illustre Tombeau.

A. MARESCHAL.

AV LECTEVR.

SANS t'entretenir plus particulierement de mes affaires, ou de cette prodigieuse nonchalance que i'ay euë à produire & faire connoître cette Piece, qui n'a pris son éclat par la Troupe Royale en son Hostel, que quatre ans aprés sa naissance; ie te diray que c'est la méme longueur ou paresse qui te la donne encore imprimée, prés de deux ans depuis qu'elle est sur le Theatre. Ie t'épargnerois méme ce discours, si ie ne la deuois iustifier de quelques incidents, que tu auras peut-estre leus presque pareils en d'autres Pieces; dont toutefois cette-cy n'a rien emprunté; puis qu'elle les a precedées sinon en l'impression, du moins en la representation, ou dessus le papier, & qu'elle se peut preualoir du droict d'aînesse. En ces matieres, celuy de la nouueauté luy estant preferable, ce n'est pas vn grand trait de vanité de disputer de l'âge; & si ce n'est pour les successions, il n'est point de beauté qui ne cede facilement le nom de vieille, & qui ne perde auecque ioye vn auantage si sterile, & vne richesse incommode comme celle des années. Voicy donc vne Vieille qui pretend encore d'estre belle, sous des traits assez agreables & nouueaux, puis que d'autres plus jeunes les ont affectez, & n'ont pas feint de les accommoder à leur jeunesse, & de se les approprier. Traite la comme telle, cher Lecteur; & considere que tu luy dois quelque sorte de respect, si tu peux luy refuser de l'amour. Ly ses deffauts d'vn esprit de douceur & de pardon, afin seulement de les excuser; & pour étendre ta grace encore plus loin, ly les fautes qui suiuent afin de les corriger.

Fautes suruenuës en l'impression.

PAge 31. à flame, *ly* à ma flame. 39. nieray, *l.* ni'ray. 40. entre, *l.* entré. 48. chasse. *l.* chassé. 61. suiueray, *l.* suiu'ray. 62. treuue, *l.* treuuer. 82. mon, *l.* nos. 85. sacrifieray, *l.* sacrifi'ray. 127. armes, *l.* ames.

LES PERSONNAGES.

ARTEMISE,	Reine de Carie.
DORALIE,	Sa Fille.
HYPERIE,	Esclaue, Confidente.
CENOMANT,	Roy, Amant de Doralie.
ALCANDRE,	General d'armée d'Artemise.
CEOBANTE,	Prince de Lycie, Neueu d'Artemise.
TYRENE,	Lieutenant d'Alcandre.
LYZIDAN,	Capitaine Lycien.
GARDES,	Et suite d'Alcandre.
ECHANSON,	De la Reine.

La Scene est dans le Mauzolée, en Carie.

L E

LE MAVZOLEE, TRAGICOMEDIE.

ACTE I.

SCENE PREMIERE.

ARTEMISE, CEOBANTE, DORALIE, L'ECHANSON, HYPERIE.

La toile estant ouuerte, sur laquelle est representée en perspectiue la pyramide du Mauzolée, on découurira le dedans du Monument, au milieu duquel sera éleué vn superbe Tombeau, & au dessus vne petite vrne de verre où sont les cendres de Mauzole.

ARTEMISE.

AME de l'vniuers, pere de la lumiere,
Bel Astre, qui poursuis ta route coûtumiere,
Oses-tu bien porter l'éclat de ton flambeau
A trauers cette nuict & l'horreur d'vn Tombeau?
Ce Temple de la Mort, ce dueil, ces voutes sombres,
Et tout ce noir Palais n'est destiné qu'aux Ombres;

Puis-ie souffrir ta flame en ce lieu languissant?
Où mon Soleil est mort voir vn Soleil naissant?
Va d'vn premier rayon saluër les montagnes,
Mire toy dans les eaux, & dore les campagnes;
Par quel droict oses-tu, Prince de la clarté,
Violer vn Sepulchre, & cette obscurité?
Tu ne dois éclairer que l'air, la terre, & l'onde;
Moy, dans cet autre Enfer, ie me croy hors du monde;
Tu luis pour les Viuants, & la Mort seulement
Sur vn trône de fer reg[illegible] en ce Monument:
Ie ne suis plus au Monde, & i'en voy trop de marques,
La nuict seule est mon iour, & mes Dieux sont les Parques,
Ie vy comme aux Enfers, i'ay les mesmes ennuis,
Et i'en ressents la peine au moins si ie n'y suis.

CEOBANTE.

Iugez depuis quel temps cette tristesse dure;
Vous voyant endurer certes Mauzole endure,
Apres douze ans de dueïl il condamne vos pleurs,
Il cherit Artemise, & non pas ses douleurs,
Il voit de vôtre amour le memorable exemple;
Tout l'Vniuers en parle, & parle de ce Temple,
Ce Temple qui le fait vaincre qui la vaincu,
Viure eternellement pour auoir peu vécu;
Pour estre plaint ainsi la mort feroit enuie,
Son trépas est plus beau que la plus belle vie;
Vn mesme sort luy plaît, & luy déplaît aussi,

De voir par tout sa gloire, & qu'on le pleure icy.

ARTEMISE.

Pour vn si digne objét la douleur est charmante;
Ie suis triste toûjours, comme toûjours Amante;
Et pour mettre sa cendre en vn viuant Tombeau
Ie luy fay de mon corps vn monument plus beau. * Elle prend l'vrne où sont les cendres de son mary Mauzole.
Froide cendre, aliment de la plus viue flame
Qu'vn sainct amour iamais alluma dans vne ame;
Noble tresor de poudre, & reliques d'vn Roy
Qui témoignez mon dueil, mon amour, & ma foy;
Funeste don du sort, triste & cher sacrifice,
De mon cœur languissant & poison & delice,
Par qui mesme la Mort ne nous peut desunir,
Qui, fin de nôtre amour, serts à l'entretenir,
Voy, Cendre, voy couler mes larmes continuës, * Elle verse quelque peu de cendre dans vne coupe que tient son Echanson.
Voy croître ce torrent lors que tu diminuës:
En memoire d'vn Roy, pour r'allumer mes feux,
Prenons, mon cœur, prenons ce breuuage amoureux; * Elle prend la coupe que son Echanson luy presente, où est la cendre de Mauzole détrempée dans du vin.
C'est ta cendre, Mauzole, & c'est ma nouriture;
Ie te possede mort, & malgré la Nature:
Mon sexe, apprends d'amour vn mistere inoüy,
Voy baiser vn Epoux, voy comme i'en ioüy.

CEOBANTE. (tandis qu'elle boit.)

Ioüissance, qui n'a que le dueil pour tous charmes,
Que la mort pour objét, & pour fruict que des larmes.

ARTEMISE. (Ayant beu.)

Nouueau Nectar d'amour ! agreable liqueur !

ECHANSON.

Quel Nectar ? vn poison froid, pesant sur le cœur ?

HYPERIE.

Qu'elle luy donne encor le doux nom d'Ambrosie,
C'est vne etrange soif qu'ainsi l'on rassasie.

ARTEMISE. (rendant la coupe à l'Echanson, & remettant l'vrne sur le Tombeau.)

Repose, chere Cendre, en moy comme en ce lieu ;
Deux Autels sont dressez, mais pour vn meme Dieu ;
Conserue ce depost, ô Monument insigne,
Que ie doy mettre encor dans vn Tombeau plus digne :
Sacrifice amoureux, renouuelle souuent,
Où i'adore vn Dieu mort, dont l'Autel est viuant ;
Où renâit de sa cendre vn feu vif qui m'anime,
Où le Dieu mesme offert est sa propre victime :
Transports, ouy, poursuiuez ; il est Dieu, ie le croy,
Puis que i'en sents déja la force dedans moy,
C'est dans mon sang qu'il parle, & qu'il se fait entēdre ;
Quels feux, & quelle ardeur de cette froide cendre ?
C'est luy qui m'encourage, & m'enflame les sens,
Il inspire en mon cœur des mouuemens puissans,
Et réueille les feux de cette humeur guerriere
Qui me faisoit marcher aux combats la premiere.

CEOBANTE.

Quelle honte en effet de nous voir aßiegez
Par ceux que le destin sous vos loix a rangez?
Ces lâches Rhodyens, & cette populace,
Dont l'orgüeil ose bien attaquer cette Place,
Sont-ce pas vos Vaincus, qui dans Rhode autrefois
Ont vu vos étandars, & plié sous vos loix?
Qui vous payoient tribut, qui vous ont implorée,
D'une Statuë a Rhode & d'encens honorée?
De qui la flotte aussi fut défaite en vos ports,
Et qui vous ont connuë inuincible dehors?
Qu'aujourd'huy ie vous voy d'humeur bien differente!
Vous triomphiez alors, vous estiez Conquerante;
Et Xerxés, qui luy-mesme admiroit vos exploits,
Qui parmy ses soldats contoit plus de cent Roys,
Pour son digne segond, (quelle gloire! Madame,)
Entre tant de Heros ne contoit qu'vne Femme;
Et c'estoit Artemise, ouy, Reine, c'estoit vous,
Dont si souuent l'Asie à ressenty les coups:
Mauzole déja mort n'empechoit pas vos armes,
Le sang des Rhodyens vous tenoit lieu de larmes,
Vous le pleuriez en Reyne, & genereusement,
Bien mieux dans les combats que dans ce monument;
On l'attaque auiurd'huy; songez à le defendre.

ARTEMISE.

Pour garder son Tombeau, ie ne veux que sa cendre.

Ceobante, elle inſpire vn ſurcroît de vertu,
Et ſemble releuer mon courage abbatu.

CEOBANTE.

De vray, ſi nous voyons l'Ennemy qui nous preſſe,
C'eſt moins par ſa valeur que par vôtre triſteſſe,
Vos pleurs & vôtre dueil font languir nos ſoldats,
Vôtre ennuy les deffait pluſtôt que les combats;
Madame, ſoûtenez leur courage qui tombe,
Venez garder ce Fort & non pas vne Tombe,
Vôtre aſpect ſeulement les peut tous animer;
C'eſt trop eſtre inuiſible, & trop ſe renfermer:
L'Ennemy tous les iours gagne terre, & s'approche,
Il s'eſt logé par force au pied de cette roche;
Nos dehors ſont gagnez, nos forts abandonnez,
Nos foſſez ſont remplis, nos murs enuironnez,
Nous ſommes aßiegez & renfermez de ſorte
Qu'à peine auons-nous libre vn pas deuant la porte;
Et ce qui plus encore afflige mes eſprits,
On tient Halycarnaſſe & ſes deux ports ſont pris;
Noſtre armée en ce lieu languit comme inutile;
Deuions-nous pour ce Fort abandonner la Ville?

ARTEMISE.

Ouy, le Royaume entier; & ie l'aurois perdu
Pluſtôt que ce Tombeau qu'Alçandre a deffendu;
C'eſt icy mon treſor, mon ſceptre, & pour tout dire
Ie garde cette cendre, & c'eſt plus qu'vn Empire.

DORALIE.

Auec elle, Madame, encore gardez-moy,
Gardez tant de Sujets qui vous gardent leur foy.

ARTEMISE.

Ma Fille, en ce mal-heur que veut-on que ie fasse?
Que i'implore vn Tyran, & recherche sa grace?
Vn Roy, qui contre nous s'est joint aux Rhodyens,
Qui détruit nôtre Estat, qui detient tous nos biens?
Et qu'aprés tant d'outrage & tant de violence,
Pour mon dernier mal-heur i'entre en son alliance?
Le voulez-vous, ma Fille, & serez-vous son prix?
Prendrez-vous pour Epoux vn qui nous a tout pris?
Cét Ennemy qui tient la Carie allarmée
Vous recherche, il est vray; comment? à main armée;
Et vous pourriez l'aymer?

DORALIE.

Non pas, mais ie le crains.

ARTEMISE.

Ie le hay plus encore, & ses efforts sont vains:
Le secours de Lycie aprés tout nous r'assure;
Alcandre & mon Neueu vangeront nôtre injure.

CEOBANTE.

Reposez-vous sur luy, reposez-vous sur moy,
Tout jeune que ie suis....

ARTEMISE. (Voyant venir Alcandre.)

C'est assez ; ie le voy.

CEOBANTE.

Ie suiuray la valeur peinte sur son visage.

ARTEMISE.

I'y ly de quelque trouble vn sinistre presage ;
Armons-nous de constance, ô mon cœur, s'il le faut.

SCENE II.

ALCANDRE, CEOBANTE, ARTEMISE, DORALIE, HYPERIE, L'ECHANSON.

ALCANDRE.

MAdame, l'Ennemy prepare vn grand assaut ;
Tous filent hors du camp : déja nos sentinelles
Découurent les drappeaux, les armes, les échelles :
L'air resonne du bruit & des cris des soldats,
La terre en est chargée, & tremble sous leurs pas :
Ils viennent sous l'espoir de forcer nos murailles.

CEOBANTE.

Ou iusqu'en nos fossez chercher leurs funerailles:

Bordons nos murs, Alcandre, & laissons-les venir.

ALCANDRE.

Ouy, Prince, nos soldats sont prests à soûtenir;
L'ordre est donné par tout: Comme troupes tres-fortes
I'ay mis vos Lyciens à la garde des portes;
D'autres sur les remparts, afin de renforcer
Le costé d'où l'on voit l'Ennemy s'auancer,
Qui couure fierement les champs d'Halycarnasse,
Et qui semble en marchant déja qu'il nous menasse.

ARTEMISE.

Ah! que mon cœur outré s'enflame à ce raport!
Mais sommes-nous, Alcandre, asseurez dans ce Fort?

ALCANDRE.

Autant que dans le Ciel; repensez, grande Reine,
Qu'vne double courtine enuisage la plaine,
Qu'à l'endroit où nos murs peuuent estre attaquez,
Pour defense ils font voir deux bastions flanquez,
Qui semblent deffier les machines de guerre,
Chercher en haut le Ciel, & l'Enfer en la terre,
Dont la pointe s'étend, & regorge au dehors,
Bat le long des fossez, & commande nos bords:
Et c'est où Cenomant presse & bat dauantage,
S'obstine à faire bréche, & trouuer vn passage.
La nature du lieu defend l'autre costé,
Qu'on diroit à le voir, dans la roche planté,

Lieu hors de batterie, & lieu hors d'escalade,
Qui lasseroit la foudre, & les bras d'Encelade;
C'est l'endroit le plus fort que iamais on ait veu;
Ie le tiens presque aussi de soldats dépourueu.

ARTEMISE.

Laissez-vous dégarnie ainsi la fausse porte?

DORALIE (bas & à côté.)

Pourquoy sur vn tel lieu s'arrester de la sorte?
Sçauroient-ils mon dessein? il les faut écouter.

ALCANDRE.

C'est iusqu'où l'Ennemy ne sçauroit pas monter:
Vn sentier bas, étroit, taillé dedans la roche,
Qu'vn seul de front remplit, n'en permet pas l'approche;
Cette porte inconnuë, & couuerte à l'entour,
Bouche vn caueau perdu dans le fonds d'vne Tour,
A moins que de voler où l'on ne peut attaindre,
Où l'on ne peut rien faire, où l'on ne doit rien craindre:
Madame, de ce soin reposez-vous sur moy.

DORALIE. (bas)

Ils n'ont rien découuert; enfin ie le connoy.

ARTEMISE.

I'espere tout des Dieux, & de vôtre assistance;
Alcandre, vos trauaux auront leur recompense;

Voyez à quel excez, & de haine & d'horreur
Contre vn Roy si cruel me porte ma fureur;
Ie vous donne vn Royaume, & donnez-moy sa teste;
Vous ferez d'vn seul coup vne double conqueste;
Doralie est à vous.

ALCANDRE

Quel charme à mes esprits!

ARTEMISE.

Ie vous promets ma Fille, ouy; sauuez vôtre prix.

CEOBANTE.

Il l'aymoit dés long-temps, & n'osoit y pretendre.

ALCANDRE.

Sous vn espoir si grand que ne puis-je entreprendre?
Madame, donnez-moy mille Rois à domter,
Mille Alcides nouueaux; i'yray les affronter;
Qu'est-il que ie ne range aux loix de mon courage?
Cenomant contre vn roc vient chercher son naufrage:
Auançons le dessein de ce Roy furieux,
Allons donc l'attaquer pour nous defendre mieux,
Et faisant de nos corps la premiere muraille
Obligeons-le au combat, auant qu'il nous assaille;
C'est trop long-temps icy demeurer enfermez,
Ceobante, sortons de nos murs allarmez;

Preuenir l'Ennemy, c'est presque le surprendre.

CEOBANTE.

Ils s'en vont. *I'appreuue ce conseil : allons donc, braue Alcandre.*

DORALIE. (demeurant seule sur le theatre.)

Que cet assaut me donne vn bien plus grand soucy!
Laisse sortir la Reine, & songe à tout cecy.

SCENE III.

DORALIE. (seule)

A Quelle extremité me treuué-je reduite;
Ie craints de Cenomant la cruelle poursuite,
Et pour me deliurer des mains de Cenomant
On m'expose pour prix aux vœux d'vn autre Amant.
Ie suis de l'vn des deux l'infaillible victime;
Et ie puis appreuuer ce choix illegitime;
Doralie est à vous! Alcandre; & qu'estes-vous?
Indigne de ce rang, & d'estre mon Epoux:
Ie connoy vos vertus, ie sçay vostre vaillance;
Et i'honore vos faits de quelque bienueillance;
Vostre bras, de l'Estat est le plus ferme appuy:
Mais pour l'auoir seruy, quoy? doit-il estre à luy?
Vous n'estes que sujét, ie seray Souueraine;
Quoy? i'aurois pour Epoux qui doit m'auoir pour Reine.

Qui me doit obeir me feroit donc la loy?
Et qui me doit seruir enfin seroit mon Roy?
Sçachez qu'vn vain espoir vous flatte, & m'importune,
Que le Ciel fait les Rois, & non pas la Fortune;
Que si ma Mere vsant de son authorité
Peut beaucoup dessus moy, ie puis de mon côté;
Qu'au choix de deux Maris, lequel qu'on me fist prẽdre,
Ie hay trop Cenomant, & n'ayme pas Alcandre.
Donc, pour me deliurer d'vn sort si rigoureux,
Perdons deux Ennemis sous le nom d'amoureux,
Etouffons ces deux vents, qui forment la tempeste;
Ce Roy presse le plus; commençons par sa teste;
Luy-mesme par amour la veut mettre en mes mains;
Suy, mon cœur, mes transports, quoy qu'ils soient inhu-
Mais voicy Lyzidan. *(mains.*

SCENE IIII.

DORALIE, LYZIDAN.

DORALIE.

ET bien, l'heure s'approche.

LYZIDAN.

Madame, dix soldats tenus icy tout proche,

Et qui n'attendent plus que vos commandemens,
Content iusqu'à l'employ déja tous les moments;
Ie les ay tous laissez resolus de bien faire;
Quant à moy, ie suis prest de commencer l'affaire.

DORALIE.

Qu'ils ne se montrent pas qu'on ne leur ait enjoint.

LYZIDAN.

Ils suiuront sans faillir l'ordre de poinct en poinct:
Mais, Madame, en ce coup, de peur de nous méprendre,
Figurez-moy celuy que nous deuons attendre.

DORALIE.

Vn mot te l'apprendra: Connois-tu Cenomant?

LYZIDAN.

Le Monarque de Crete?

DORALIE.

Ouy.

LYZIDAN.

Quel euenement!
Celuy qui nous aßiege? est-ce luy?

DORALIE.

C'est luy-mesme.

LYZIDAN.

Pourquoy vient-il icy?

DORALIE.

Pour témoigner qu'il m'ayme.

LYZIDAN.

O d'vn effet cruel doux sujét!

DORALIE.

Que dis-tu?

LYZIDAN.

Que ie hay Cenomant, que i'ayme sa vertu.

DORALIE.

Vertu? des cruautez d'éternelle memoire?
Faut-il, pour t'animer, t'en raconter l'histoire?
Apprends que Cenomant, aprés Mauzole mort,
Dont ma Mere en ce lieu pleure le triste sort,
Ialoux de tant d'honneur qu'elle auoit à la guerre
Acquis auec Xerxes aux deux bouts de la Terre,
Ou peut-estre enuieux d'vn Sceptre & de nos biens
Les voulut partager auec les Rhodyens;
De son authorité, sans couleur & sans titre
Il prend leurs differens, dont il se fait l'arbitre;
Ce peuple contre nouss estoit lors mutiné:

Cenomant qui nourit leur courage obſtiné
Leur enuoye vne flotte, & croyant nous détruire
La fait iuſqu'en nos ports ſous Pharnace conduire.
Artemiſe, qui veut deceuoir leur effort,
Retire ſes vaiſſeaux, laiſſe libre le port,
Et dans vn plus petit tient ſa flotte equippée:
L'Ennemy prend le port, & ſans tirer l'épée;
Il entre ſur les cris du ſoldat étonné
Dans la Ville, où deja cét ordre eſtoit donné,
Qu'au ſignal qu'on mettroit deſſus Halycarnaſſe
File à file en entrant ſur eux on fiſt main baſſe;
Alcandre ſuiuit l'ordre, & nagea dans leur ſang:
Le ſoldat fuit en foule, & ne tient plus de rang;
Effrayez, bien bleſſez, des dernieres cohortes
Les plus promts vont au port, & regagnent les portes:
Mais ſe croyant ſauuer à l'abry des vaiſſeaux,
Vn carnage plus grand ſe fait deſſus les eaux;
La Reine auoit déja par vn courage extréme
Saiſi toute leur flotte.

LYZIDAN.

O Dieux! quel ſtratagéme!
I'eſtois lors loin d'cy, ce recit m'eſt nouueau.

DORALIE.

Le carnage appaisé dans la Ville & ſur l'eau,
Et tenant en ſes mains leur General Pharnace
La Reine prend leur flotte, & part d'Halycarnace,

Elle

Elle vole vers Rhode auec tous ses soldats,
Et la gagne d'abord sans siege, & sans combats.

LYZIDAN.

Comment?

DORALIE.

Ecoute icy le plus beau trait du monde.
Cette flotte paroît triomphante sur l'onde;
Rhode qui la connoit la saluë au retour,
N'entend que cris de ioye éclatter à l'entour,
Et voit flotter au vent, d'vne ioye indiscrete,
Ses propres étandars auecque ceux de Crete;
Pharnace sur la pouppe, & cent Chefs prisonniers
Venoient comme en triomphe, & couuerts de lauriers:
Tout le Peuple exaltoit leur conquéte apparente;
Mais la seule Artemise estoit la Conquerante;
Elle entra dedans Rhode en ce superbe train,
Et & la mit sous le joug d'vn pouuoir souuerain;
Sa douceur est extréme autant que son addresse:
Pharnace est deliuré, le Peuple la caresse;
Rhode receoit ses loix, l'égale aux Immortels,
Luy dresse vne Statuë, ou plustôt des Autels;
Elle emporta tribut de cette Republique.
Cenomant souffre vn temps cét affront qui le pique;
Mais comme il est hardy, promt, jeune, & valeureux,
Ne pouuant oublier vn sort si mal-heureux,
Dessous vn simple habit sa qualité voilée,

Il vint en inconnu dedans le Mauzolée;
Ce n'estoit que pour voir les forces & les lieux,
Et mon mal-heur voulut qu'il vist aussi mes yeux;
Quelque peu de beauté qui soit en mon visage,
Il feint d'en estre épris, il mét tout en vsage,
Retourne, prie, écrit, declare son amour
Par des Ambassadeurs qu'il enuoye à la Cour.
Artemise indignée, & qui craint quelque ruse
D'vn Ennemy iuré qui s'offre, le refuse;
Ce refus quoy que iuste attire son couroux,
Et fait voir les desseins qu'il cachoit contre nous;
Il arme, & pour pretexte à son iniuste enuie
Ligue, soûleue, & veut vanger Rhode asseruie;
Pharnace à bras ouuerts le reçoit, & le suit;
La Carie est en proye, on assiege, on détruit,
On pille, on tuë, on brûle, & pour derniere place
Nous nous jettons icy, quittant Halycarnace
Que nous auons veu prendre & piller à nos yeux;
On abbat nos Autels, on renuerse nos Dieux,
On voit luire par tout & le fer, & la flame:
Te diray-je le reste?

LYZIDAN.

Ah! ie le sçay, Madame;
Mais venu depuis peu de Lycie en ce Fort
I'ignorois le sujet d'vn si cruel effort.

DORALIE.

Ce Barbare auiourd'huy me traite de Maîtresse;

Veut me voir en ce lieu, m'en conjure, m'en presse,
M'en écrit à toute heure; & c'est où ie l'attends,
Pour terminer d'vn coup tant de soins importans.

LYZIDAN.

Vous en écrit? comment?

DORALIE.

L'inuention est telle;
Vn de nos Espions hors de la Citadelle,
Et surpris dans le Camp sur quelques factions,
Receut de luy la vie à ces conditions
De ne faire tenir ses lettres en main sure.

LYZIDAN.

Mais comment faire entrer ce Roy? quelle auanture!

DORALIE.

Par la porte cachée au dessous de la Tour;
Ce iour doit signaler ma haine, ou son amour:
Puis que tout est contraire, & ma Mere obstinée,
Ie veux mettre la main à nôtre destinée;
Et puis que Cenomant vient seul dedans ce Fort,
Il conclura la paix, ou ie conclus sa mort.

LYZIDAN.

Mais il faudroit au moins en auertir la Reyne.

DORALIE.

Pour le voir & l'oüir elle l'a trop en haine ;
Son grand cœur, qui fuiroit & l'vn & l'autre effect,
Souffrira mieux le coup, aprés qu'il sera fait.

LYZIDAN.

Alcandre ?

DORALIE.

Encore moins ; son interest l'engage ;
Moy, qui luy suis promise, & pour prix & pour gage,
S'il mét entre nos mains la teste de ce Roy,
Ie veux le preuenant ne la deuoir qu'à moy.

LYZIDAN.

Ce dessein est hardy.

DORALIE.

Le sien est temeraire ;
Ie n'écoute deuoir, loy, ni raison contraire.

LYZIDAN.

Ni moy d'autres non plus que de vous obeir ;
Tenez ce Roy pour mort, chacun le doit hair ;
Me voila prest, Madame, & ie jure sa perte.

DORALIE.

Va donc dans le Caueau tenir la porte ouuerte ;

Et conduy le toy seul icy secrettement ;
Aprés, que tout soit prest au premier mandement,
De crainte de laisser une proye échappée ;
Mais sur tout en entrant demande luy l'épée,
Dy luy que c'est ton ordre, & qu'ainsi ie l'entends :
Va, ne t'informe plus, rends mes desirs contents.

LYZIDAN.

Sous vôtre authorité i'ose donc l'entreprendre.

DORALIE.

Elle te fait agir, & te sçaura deffendre :
L'assaut tient autre part nos soldats empressez ;
Il est temps ; ne crains rien ; tu me serts ; c'est assez.

LYZIDAN.

I'obey sans replique, & l'ameine sur l'heure. Il s'en va.

SCENE V.

DORALIE. (seule.)

VOicy pour nous vanger la façon la meilleure ;
Faisons un coup celebre, & contre Cenomant,
Qui d'Ennemy mortel feint d'estre mon Amant :
Pourquoy feindre, & se perdre entrant dans cette place ?

Pourquoy ſecrettement demander cette grace ?
Il m'ayme, s'il y vient : Mais quelle affection !
Sa main ſeroit contraire à ſon intention ;
Sa haine eſt apparente, & ſon amour couuerte ;
Qu'il tende à m'acquerir, ie ne tends qu'à ſa perte :
Ie l'attire, il eſt vray, par vn perfide appas ;
Mais luy-meſme s'y jette, & cherche ſon trépas :
On doit ſur l'Ennemy prendre tout auantage,
Et ſi ie ſuis cruelle, il le fut dauantage ;
Puis que ſa teſte enfin peut finir nôtre ennuy,
Par elle ſauuons nous & d'Alcandre, & de luy.

Fin du premier Acte.

ACTE II.

SCENE PREMIERE.

HYPERIE, DORALIE.

Doralie vient au theatre par vn côté, & Hyperie par l'autre.

HYPERIE.

Madame icy tout prés Lyzidan Capitaine
Attend pour vous offrir vn Captif qu'il ameine.

DORALIE.

Fay les entrer.

HYPERIE.

I'y vay.

DORALIE. (seule.)

C'est le Roy Cenomant:
Preparons ma vengeance, en voicy le moment;
Ouy, vangeons par son sang tant de peines souffertes,
Le sang de nos Sujets, & nos Dieux, & nos pertes;
L'honneur & la raison appreuuent mon dessein;
Ie porteray le fer la premiere en son sein:
Suiuons dans ce transport la fureur qui m'anime:

Puis que mon Ennemy s'offre à moy pour victime.
Qu'il meure, il doit perir. Courage; le voicy.

SCENE II.

CENOMANT, LYZIDAN, DORALIE.

CENOMANT.

Au bout de la sale, donnant son épée à Lyzidan.

PRends la donc, mon Amy, puis qu'on l'ordonne ainsi

LYZIDAN. (Ayant l'épée.)

Vous pouuez auancer.

DORALIE.

Dieux! que ie suis timide!
Tout desarmé qu'il est ie crains ce jeune Alcide.
Esclaue, éloignez-vous. Lyzidan, écoutez.

HYPERIE. (En se retirant.)

Quel mistere! ie voy tous ses sens agitez.

DORALIE. (Ayant parlé à l'oreille à Lyzidan.)

Retirez vous, tenez la main à l'entreprise.

CENO.

CENOMANT.

O Dieux ! à cét abord que mon ame est surprise :
Madame, permettez qu'à vos pieds prosterné
Ie vous presente vn cœur qui vous est destiné ;
Et qu'au lieu d'excuser vne faute si belle,
Ie proteste à vos yeux de la rendre eternelle :
C'est le desir qui porte vn Ichare en ces lieux,
Qui cherche par sa cheute vn tombeau glorieux,
Qui méprise la mort, & vôtre couroux mesme ;
Aprés vous auoir dit seulement (Ie vous ayme.)
Apprenez mon amour, & vous offensez,
Ecoutez mes soupirs, & puis les punissez ;
Ie n'attends de pardon, quoy que mon amour fasse,
Et i'estime bien plus le crime que la grace ;
Vôtre presence rend mon courage affermy ;
Voyez moy comme Amant, & puis comme Ennemy.
Comme Amant : Il est vray, ie suis vn jeune Prince,
Qui laissay pour vous voir les soins de ma Prouince ;
Qui pour iuger d'vn bien qu'on m'auoit tant prisé
Vins dans le Mauzolée en habit déguisé ;
Qui piqué d'vn refus, & rauy de vos charmes
Voulus vous acquerir par la force des armes ;
Qui n'ay pris ce pays, ny donné tant de coups,
Que pour vous voir, Madame, & mourir deuant vous ;
Qui content d'auoir pû par vne force extréme
Vous perdre dans ce lieu, m'y viens perdre moy-mesme ;
Ouy, tant d'efforts cruels ont precedé ce iour.

Que ce coup ſeul pouuoit témoigner mon amour:
Cette amour par écrit vous a ſolicitée
De receuoir ma teſte en ces lieux apportée;
Cette amour vous preſente vn cœur tout embrasé,
Pour le punir du mal que ie vous ay causé,
Non pas comme Ennemy, mais comme temeraire
D'oſer bien vous aymer, & ne pouuoir vous plaire.

DORALIE. (Se tournant de l'autre côté.)

M'aymer? qu'en croirons-nous? qu'en dites-vous, mes ſens?
L'agreable Ennemy! qu'il a d'attrais puiſſans!
Eſt-ce-la ce Cruel, ce Monſtre, ce Barbare?

CENOMANT.

Vous conſultez ma mort; & bien, ie m'y prepare:
Frappez, i'attends le coup; percez, ouurez ce cœur,
Vous n'y lirez qu'amour, que flame, & que langueur:
Pour declarer mes vœux mon cœur ſera ma bouche.

DORALIE.

Tyran. Que dy-je? helas! que ſon diſcours me touche!
Cruel! eſt-ce eſtre Amant de nous pourſuiure ainſi?

CENOMANT.

N'eſt-ce pas l'eſtre trop de m'expoſer icy
Seul, chez mes Ennemis, ſuppliant, & ſans armes?
Qui pouuoit m'y porter, que l'amour & vos charmes?

Ah! Madame, voyez comme aprés tant de coups
J'ay voulu vous gagner, mais ce n'est qu'à genoux;
Cette soûmission est toute ma victoire,
Et mourir à vos pieds sera toute ma gloire.

DORALIE.

Leuez vous.

CENOMANT.

Tuez moy.

DORALIE.

Ie ne puis.

CENOMANT.

Il le faut;
Faites de cette salle vn sanglant échaffaut:
Refusez-vous mon sang? refusez-vous ma vie?
Cette Cane a dequoy contenter mon enuie;
Seruons nous.....

DORALIE. (L'arrestant, & tirant par le bout sa cane, dont il se veut fraper, il en sort vn poignard qui luy demeure en main.)

Arrestez.

CENOMANT.

Seruons nous en, ma main.

DORALIE.

O Dieux!

CENOMANT.

Voila le fer; frappez; voicy le sein.

DORALIE.

Ah! que tiens-je? vn poignard que sa Cane recele.

CENOMANT.

Cachez le mieux icy.

DORALIE.

Seray-je si cruelle?

CENOMANT.

Non, vous serez sensible, & iuste seulement.

DORALIE.

Meurtrir vn Roy?

CENOMANT.

Punir vn temeraire Amant:
Mais le nom est trop doux d'vn Amant temeraire;
Perdez vn Ennemy qui vous fut si contraire;
Et pour m'accorder mieux ce trépas merité
Voyez moy, voyez moy comme vn Prince irrité,

Qui porte en vos pays & le fer, & la flame.

DORALIE.

N'acheuez pas; O Dieux! que sents-je dans mon ame?

CENOMANT.

Cette fureur qu'inspire vn vif ressentiment;
Ecoutez le, Madame, écoutez Cenomant,
Que i'instruise à ce coup vôtre vangeance armée,
Et soyez contre moy par moy-mesme animée:
C'est moy, qui pour troubler vos Etats & vos biens,
Ay fait ligue deux fois auec les Rhodyens;
C'est moy, qui réueillay leur premiere querelle,
Qui poursuis vôtre Mere, & les arme contre elle.

DORALIE.

Dieux! qu'il est genereux de s'accuser ainsi!
Plus il me veut aigrir, & plus ie m'adoucy,
Ie le treuue innocent quand il se fait coupable.

CENOMANT.

Pour gagner vos faueurs ie m'en rends incapable:
Ouy, i'ay fait tout ce mal, comme Ennemy iuré;
Mais ie l'ay, comme Amant, le premier enduré.

DORALIE.

Voila ce qui me perd, voila ce qui m'oblige,
Qui me rend redeuable à celuy qui m'afflige:

Que i'ay sur mesme fait vn diuers sentiment!
I'accuse l'Ennemy, mais i'excuse l'Amant;
Ah! que feray-je?

CENOMANT.

Vn coup & iuste & necessaire;
Frappez, tuez l'Amant.

DORALIE.

Non.

CENOMANT.

Tuez l'Auersaire.

DORALIE.

Vous me tuez moy-mesme en ces nobles combats:
Elle jette bas le poignard. *Va, fer; i'en sents les coups.*

CENOMANT.

Et vous n'en faites pas?

DORALIE.

Quoy? ie pourois, barbare, offencer qui m'adore,
Ces deux vers bas. *Hair qui m'ayme tant, & perdre qui m'implore?*
Ah! mon cœur en dit trop, & vient de me trahir;
Il n'ose encore aymer, & ne peut plus hair.

CENOMANT.

Faut-il qu'en ma faueur la pitié vous surmonte?

Que j'ajoûte à mon crime vne si noble honte?

DORALIE.

Qu'il m'eust bien mieux vallu de ne vous voir iamais!

CENOMANT.

I'ay cherché les combats, pour y treuuer la paix;
C'est pour vous meriter que i'ay fait cette guerre;
L'Amour, & non pas moy, desole cette terre;
Et i'atteste le Ciel, qu'en ce cruel dessein
Mes coups mes propres coups retournent dans mon sein;
Ie poursuy vos soldats, & lors que ie les blesse
I'accuse mon courage autant que leur foiblesse,
Ie craints ma propre force, & doute en ce mal-heur
Lequel m'est plus contraire ou mon bras, ou le leur;
I'ay pitié de leur sang alors que ie le tire,
Et ma victoire mesme augmente mon martire,
Le mal que ie leur fay me punit doublement;
Mon cœur n'est pas cruel, ma main l'est seulement;
Helas! ie les attaque, & les voudrois deffendre.
Mais puis que ie ne puis autrement vous pretendre,
Que pour vous acquerir il faut vous ruiner,
Rauir de force vn bien qu'on me deuroit donner;
Pardonnez, Doralie, à flame innocente
Le mal qu'vn bras vous fait sans que l'ame y consente,
Si pour vous tout donner ie vous ay tout ôté,
Accusez mon amour, non pas ma cruauté;
L'amour vous perd, l'amour m'a mis dans cette place;

Tout le mal que i'ay fait ce mouuement l'efface:
Piqué ſur vn refus, pour me faire eſtimer,
Ouy, ie me ſuis fait craindre à qui ne pût m'aymer:
Mais vous voyant ſoûmiſe à l'effort de mes armes,
Ie viens vous immoler le ſujet de vos larmes;
Ie ne vous pourſuiuois que pour m'en repentir,
Et ne vous ſurmontois que pour m'aſſuietir,
Le bien que ie vous veux eſt cauſe de vos peines,
Pour triomphe vn Vainqueur vous demande des (chaînes;
Voila tous mes efforts.

DORALIE.

O Dieux! qu'ils ſont puiſſans!
Que leur douceur eſt forte à combattre mes ſens!
Mais c'eſt vn Ennemy.

CENOMANT.

Que l'amour mét en cendre.

DORALIE.

Qui me rauit le ſceptre.

CENOMANT.

Afin de vous le rendre:
Ie n'ay fait tant de maux que pour faire ce bien;
Ouy, ie vous rends le vôtre, & vous offre le mien.

DORALIE.

C'eſt trop de la moitié.

CENO-

CENOMANT.

Mais c'est trop peu, Madame,
Si vous ne receuez & mon cœur, & mon ame.

DORALIE.

Purgez par vn seul don tous ces dons superflus,
Et donnez moy le temps de ne vous haïr plus:
Voyez de quelle grace est ma haine suiuie;
Vous me donnez vn cœur, ie vous donne la vie;
Ouy, l'on deuoit icy vous perdre, & me vanger;
On ne vous y receut que pour vous égorger:
Mais le Ciel, qui des Rois est la plus seure garde,
Conserue Cenomant alors qu'il se hazarde;
Il a dedans ce lieu mes complots étouffez;
Vous y deuiez mourir, & vous y triomphez.

CENOMANT.

D'vne bonté parfaite ô prodige exemplaire!
Donc qui deuoit me perdre est mon Dieu tutelaire?
Qui n'espereroit pas? qui ne seroit constant?
Puis qu'Amour sçait nous rẽdre heureux en vn instant.

DORALIE.

Heureux Amant de vray, qui m'offençant merite,
Se sauue en temeraire, & des dangers profite.

CENOMANT.

Eſt-ce-là ce trépas que i'auois merité?
Appreuuer mon amour par ma temerité?
Vous ſentir redeuable encore à mon offenſe?
Donner à mes fureurs la vie en recompenſe?
Payer par vne paix tant de ſang répandu?
Eſt-ce-là ce trépas que i'auois attendu?

DORALIE.

Ie ne plaints plus nos maux, en regardant la cauſe;
Mais ie crains les hazards où l'amour vous expoſe;
Ie ne ſçaurois vous voir en ce lieu ſeurement;
Ah! c'eſt déja beaucoup, ie craints pour Cenomant.

CENOMANT.

En cét heureux état, moy, ie ne puis rien craindre;
Mourant aprés ce bien, ma mort n'eſt pas à plaindre.
Merueille de mon ſort! fauorable moment,
Où l'extreme danger fait le bien d'vn Amant,
Où la vertu couronne vn amour temeraire.

DORALIE.

Le peril m'épouuante, & vous deuroit diſtraire;
Car en effet l'aſſaut ſera preſque acheué;
Et de peur qu'en ce lieu vous ne ſoyez treuué,
Permettez, il eſt temps, que ie vous congedie.

CENOMANT.

Helas! en cét adieu que faut-il que ie die?
Mon cœur a des transports qu'on n'exprime pas bien;
Et c'est parler beaucoup que de ne dire rien;
Iugez de ma douleur par le bien que ie quite:
Mais nôtre accord exige encore vne visite;
Pour vous entretenir de mon intention
Voicy le seul moyen, voicy l'inuention;
Si i'ay libre par fois cette secrete porte,
Tout est seur, soit que i'entre ou bien soit que ie sorte;
Car occupant ailleurs vos soldats à l'assaut,
Ie puis, couuert des miens, monter iusqu'icy haut,
Si ma foy pour le moins ne vous est point suspecte.

DORALIE.

C'est trop, elle est d'vn Roy; telle ie la respecte.

CENOMANT.

Et pour mieux leur marquer le temps de mon retour,
Il faut mettre vne Enseigne au dessus de la Tour;
Ce signal leur sera l'ordre de la retraite.

DORALIE.

Quelque espoir qui vous flatte, & dequoy que ie traite,
En cet accord commun le plus fort n'est pas fait;
Comment fléchir ma Mere au poinct qu'elle vous hait?

CENOMANT.

Par son Royaume entier que ie veux luy remettre,
Par de plus grands effets que ie n'en puis promettre.

DORALIE.

Allez ; nous le verrons.

CENOMANT.

Belle Princesse, adieu.

DORALIE.

Que ie vous accompagne au sortir de ce lieu ;
Ma presence vous sauue, & maintient vôtre vie.

CENOMANT.

Ouy, car en vous quittaut ie me la sents rauie.

DORALIE.

Vne mort plus certaine estoit deuant vos pas:
Ah ! i'en tremble pour vous ; sur tout n'auancez pas.
Lyzidan.

LYZIDAN. (à ses soldats.)

Compagnons tous prests.

DORALIE.

Rends cette épée :

Qu'elle ſoit d'autre ſang que du vôtre trempée ;
Il falloit, pour vous mettre au rang de nos Amis,
Que par ma main ce fer dans vos mains fuſt remis.

CENOMANT. (Luy baiſant la main.)

Par cette belle main, ie iure que ma vie
Ne ſera deſormais qu'à vos loix aſſeruie ;
Et ce fer, que ie tiens comme vn preſent des Cieux,
Puis qu'il me vient de vous me rendra glorieux ;
Si par luy mes exploits ſont dignes de memoire,
Il eſt vôtre, à vous ſeule en reuiendra la gloire.

LYZIDAN.

Que feray-je, Madame ? iray-je à nos ſoldats ?

DORALIE.

Ouy retiens leur fureur, & deuance mes pas :
Grand Prince, auecques moy marchez en aſſeurance.

CENOMANT. (Luy ayant pris la main.)

Ah ! que ie ſuis heureux contre mon eſperance !

SCENE III.

HYPERIE. (Les voyant sortir.)

QVel est ce prisonnier si superbe & si vain?
Elle luy fait honneur, il luy baise la main;
Ce mistere m'étonne, il me le faut apprendre;
Mon desir curieux peut obliger Alcandre:
Souuiens toy qu'il t'a mise auprés d'elle à dessein
D'épier les secrets qu'elle cache en son sein;
Ie sers cette Princesse, il est vray ie l'honore,
Ie l'ayme; mais enfin ie m'ayme plus encore;
Si ie luy doy beaucoup, ie me doy plus à moy;
Ie suiuray la premiere & la plus forte loy:
Ie causeray son mal, mais mon bien en doit naître,
I'offense vne Princesse, & i'oblige mon Maître:
Suiuons donc ce dessein; le secret rapporté
Me poura faire mettre en pleine liberté,
Le prix de mon trauail est de rompre ma chaine.
Elle r'entre. Ecoutons de la chambre prochaine.

SCENE IIII.

LYZIDAN, DORALIE.

LYZIDAN. (La ramenant.)

Mais, Madame, d'où vient vn si promt changement?
Ce mistere, il est vray, passe mon iugement.

DORALIE.

Il a passé de plus encore mon attente;
Que veux-tu? ie suis douce, & la pitié me tente:
I'auois porté ce Prince à ce dangereux poinct,
Puis que ie te l'ay dit, ie ne le nieray point;
Mais admirant aprés vne ame si hardie,
Comparant sa franchise auec ma perfidie,
La presence d'vn Roy si graue en son aspect,
Et sa grace ont changé ma fureur en respect;
I'ay ma vangeance étainte, aussi tôt qu'allumée;
Dont le feu pourroit bien laisser de la fumée,
Et faire mal iuger de mon intention;
Accorde ton silence auec ma passion;
Si iamais de ce fait on prend la connoissance,
Ie sçay bien ton deuoir, tu sçauras ma puissance.

LYZIDAN.

Quoy qu'en effet mon ſort m'enſeigne mon deuoir,
Que vos Grandeurs außi marquent vôtre pouuoir ;
I'ay du reſpect, Madame, il vaut mieux que la crainte,
Et ie n'exerce pas la vertu par contrainte ;
Ie ſuis Noble, & ſur tout ie ſçay garder ma foy.

DORALIE.

Ton eſprit genereux me plaît, & ie te croy ;
Acheue, Lyzidan, ce ſeruice fidele :
Cenomant doit r'entrer dedans la Citadelle,
Pour conclure la paix, dont nous auons traité ;
Tiens luy la porte ouuerte en toute ſeureté ;
Et pour conduire tout auec plus d'induſtrie,
Entre, tu le mettras dans les mains d'Hyperie ;
Cette Eſclaue eſt adroite.

LYZIDAN.

Elle l'eſt ie le croy.

DORALIE.

Il s'en va. *Va ; tu ſerts vne Reine, & tu gagnes vn Roy.*

SCENE

SCENE V.

DORALIE. (seule.)

AH! Roy de mes desirs, doux Roy de ma pensee,
En excusant vos coups, que vous m'auez blessée!
Douce guerre, chers coups, dignes de m'enflamer!
Ils vous ont fait hayr, ils vont vous faire aymer;
I'en doy blâmer l'effet, mais loüer la personne,
Et i'ayme enfin la main qui m'ôte la Couronne.
C'en est fait, ie le sents, mon dessein est perdu,
Ma haine est effacée, & mon cœur est rendu:
Vous emportez, grand Prince, vne étrange victoire;
Mais vos yeux à vos bras disputent cette gloire,
Vos discours genereux ont plus fait que vos mains,
Sans eux tous vos efforts n'eussent estez que vains;
Vous triomphez de moy par vn effet contraire;
Mesme il vous a seruy d'estre vn peu temeraire.
Mais l'Esclaue reuient. Hyperie paroît.

SCENE VI.

DORALIE, HYPERIE,

DORALIE.

Toy, qui lis dans mon cœur,
Viens apprendre & flatter ma nouuelle langueur,
A toy seule ie veux la mettre en euidence.

HYPERIE.

Merité-je l'honneur de vôtre confidence?

DORALIE.

Tu peux encor plus loin porter ta vanité;
Si tu me sçais seruir auec fidelité;
Mes faueurs, & tes biens seront hors de creance;
Tu le confesseras dedans l'experience.

HYPERIE.

Ie confesse déja, pendante à vos genoux,
Que mon cœur est ingrat s'il n'expire pour vous;
Agreéz ses deuoirs, faites nous cette grace,
Par ces mains, ces genoux, & ces pieds que i'embrasse,
Par ces pleurs que mes yeux vous donnent pour témoins

Et pour gage asseuré de mes fideles soins;
Par,...

DORALIE.

C'est trop; leue toy, ie connoy ta franchise.

HYPERIE. (bas.)

Ma feinte l'a touchée; acheuons; elle est prise.

DORALIE.

Apprends donc mon secrét. I'ayme... O Dieux! qu'ay-ie dit?

HYPERIE.

Vn mot seul.

DORALIE.

Et ce mot a mon cœur interdit:
Pudeur, tu veux en vain m'imposer le silence.

HYPERIE.

Je souffre plus que vous en cette violence;
Quoy doncque vôtre cœur ne s'ouure qu'à demy?

DORALIE.

I'ayme.... Helas!

HYPERIE.

Acheuez; & qui?

DORALIE.

Mon Ennemy:
Aprés ma lacheté dans l'amour qui me domte,
Réponds, ne faut-il pas que ie meure de honte?

HYPERIE.

Vôtre Ennemy? son nom?

DORALIE.

Las! en te le nommant
Rougy doncque pour moy; c'est....

HYPERIE.

Dites.

DORALIE.

Cenomant.

HYPERIE.

Ce fleau de l'Etat? quoy? le Roy de Candie?

DORALIE.

C'est luy; par mon amour connoy ma perfidie.

HYPERIE.

Celuy qui contre nous s'est joint aux Rhodyens?

DORALIE.

Celuy la méme, ô Dieux! me tient dans ses lyens;
Aßiegeant vne place, il en a pris vne autre.

HYPERIE.

Mais son cœur pour le moins est la ranson du vôtre?

DORALIE.

Ouy.

HYPERIE.

Pourquoy, s'il vous ayme & connoit vôtre amour,
D'assaux continuels la presser châque iour?

DORALIE.

Pour témoigner qu'il m'ayme.

HYPERIE.

O la preuue inhumaine!

DORALIE.

C'est vn effect d'amour sous vn voile de haine:
Il le fait pour me plaire, il ne liure l'assaut
Que pour me visiter, & monter icy haut;
Moy-méme en ce dessein ie luy donne l'entrée
Par vne fausse porte en ce lieu rencontrée:

Ainſi, tant pour me voir ſes deſirs ſont ardents:
Comme on bat le dehors le Vainqueur eſt dedans.

HYPERIE.

Que i'apprenne le cours de vôtre intelligence.

DORALIE.

Vne autre fois; pour l'heure vſons de diligence;
La Reine eſt toute ſeule, & ſans doute m'attend.

HYPERIE.

Vous en deuiez plus dire, ou n'en dire pas tant;
Mon eſprit eſt rempli d'impatience extréme.

DORALIE.

Viens, viens, tu ſçauras tout.

HYPERIE.

I'en ſçay trop pour toy-meſme.

Fin du ſecond Acte.

ACTE III.

SCENE PREMIERE.

ARTEMISE, ALCANDRE, DORALIE, HYPERIE.

ARTEMISE.

QV'il est triste : Approchez, Alcandre ; qu'auez-vous ?

ALCANDRE.

Vn desespoir en l'ame, encore est-il trop doux.

ARTEMISE.

Pour quelque grande perte? Ah ! que son front est bléme?

ALCANDRE.

De vray, tout est perdu ; le fussé-je moy-mesme.

ARTEMISE.

Et le combat sanglant ?

ALCANDRE.

Ouy, par nôtre vertu,

Nous auons trop, Madame, & trop bien combattu,
De testes & de bras les campagnes semées,
Chassé les Ennemis leurs lignes allarmées;
Par ce dernier assaut ils auront reconnu
Que s'ils le donnent bien, il est mieux soûtenu;
Que ce n'est pas vn coup d'vne foible partie
De repousser l'assaut, & faire vne sortie:
I'ay cent fois au combat appellé Cenomant,
Cent fois rompu leurs gros, mais inutilement;
Ie l'ay cherché par tout, mû d'vne ferme enuie
D'acheuer ce combat par la fin de sa vie;
Tout autre sang versé faisoit honte à mon bras,
I'en tuois de dépit de ne le tuër pas.

ARTEMISE.

Iusqu'icy ie n'entends aucun sujet de plaintes:

ALCANDRE.

Voicy de nos mal-heurs les dernieres attaintes:
Ceobante, mon Prince, & vôtre cher Neueu....

ARTEMISE.

Qu'à-t'il? Dieux! que ie craints!

DORALIE.

Remettez-vous vn peu.

ALCAN-

ALCANDRE.

Craignez le sort, Madame; ah! qu'il nous est contraire!
Ie ne sçaurois le dire, & ie ne le puis taire;
Que ne m'a ce combat emporté le premier!
Ceobante....

ARTEMISE.

Est-il mort?

ALCANDRE.

Non; il est prisonnier.

DORALIE.

De qui?

ALCANDRE.

De Cenomant.

DORALIE. (bas.)

A ce coup ie respire.

ALCANDRE.

Et ce bras l'a souffert? ah! de regret i'expire.

ARTEMISE.

Et moy, ie meurs de crainte; ô iour infortuné!
Ieune Prince perdu, sous quel Astre és-tu né?

G

Pour rendre dessus moy sa fureur assouuie
Ce Barbare la va commencer sur ta vie.

ALCANDRE.

Deuois-je pas l'ôter moy-mesme à Cenomant?

DORALIE. (Bas.)

Eust-il plustôt la tienne. Il est pris? mais comment?

ALCANDRE.

Le voyant resolu de faire vne sortie,
De nos meilleurs soldats i'ay pris vne partie;
Qui rangez en bataille, & poussez tous ardents
Contre vn gros d'Ennemis, se sont jettez dedans:
Rien n'a pû soûtenir la premiere furie
Tant de ses Lyciens que de ceux de Carie;
Iamais ie ne fus mieux animé, ni suiuy;
Nos gens pied contre pied combattent à l'enuy;
Le bruit, les coups, les morts, & le sang où l'on nage
Representent sur terre vn furieux naufrage:
A ce choc violent les rangs sont éclaircis,
Les champs couuerts de sang, & les Cieux obscurcis;
Ils se font iour par tout où l'ardeur les emporte,
Rompent à coups de main la presse la plus forte:
L'Ennemy craint nos coups, pas vn ne les attend:
Il fuyoit, & déja nous le menions battant;
Quand leur Caualllerie, ou peut-estre pressée,

Ou bien deuers la roche en embûche dreſſée,
Conduite par le Roy qu'en vain i'auois cherché
Enferme Ceobante au combat attaché.
Suiuant les Rhodyens de coups & de menace
Ie chaſſois d'autre part leur General Pharnace;
Hors deſpoir de l'attaindre, & voyant ce renfort
Que déja s'auançoit entre nous & le Fort,
Content de ma victoire & de cette deffaite
Ie regagne la porte, & ie fay ma retraite;
Où Tyrene au galop entrant tout le dernier
Donne auis que le Prince eſtoit fait priſonnier,
Qu'emporté trop auant d'ardeur & de furie
Il s'eſtoit veu ſaiſi de la Cauallerie,
Que Cenomant luy-meſme empeſchant ſon trépas
L'auoit ſauué des coups & tiré de leurs bras.

DORALIE.

Tout Ennemy qu'il eſt, ie luy ſuis obligée,
Et ie beny la main qui me rend affligée;
Puis qu'il l'a garanti de la mort & des coups,
On n'en doit eſperer qu'vn traitement fort doux.

ARTEMISE.

Cét eſpoir mal fondé n'eſt qu'vne réuerie;
Auez-vous oublié ſa haine & ſa furie?
Ceobante eſt perdu, puis qu'il eſt en ſa main.

DORALIE.

Il le ſauue auiourd'huy.

ARTEMISE.

Pour le perdre demain.

ALCANDRE.

Ie craints la perte encor de toute la Lycie,
Plus heureux si le sort eust ma trame accourcie.

DORALIE.

Alcandre, esperons mieux du Ciel & du destin.

ARTEMISE.

Qu'est-ce encor? nos mal-heurs n'auront iamais de fin;
Où courez-vous? parlez; qui vous presse, Tyrene?

SCENE II.

TYRENE, ALCANDRE, ARTEMISE, DORALIE, HYPERIE,

TYRENE.

VOus sçaurez en deux mots le suiét qui m'ameine:
Vn de nos Espions fidele reconnu,
Du Camp des Ennemis en hâte icy venu,
Et de qui le premier i'ay pris langue à la porte....

ALCANDRE.

Qu'a-t'il vû? dépéchez, qu'est-ce enfin qu'il raporte?

TYRENE.

Qu'à peine Ceobante au camp des Ennemis
Sous vne garde sure auoit esté remis,
Et receu dignement par le Roy de Candie;
Qu'animant ses soldats d'vne fureur hardie,
Cependant que le fer estoit encore chaud,
Cenomant les r'allie, & remeine à l'assaut;
Que Pharnace & les siens ayant repris haleine
S'estoient d'vn mesme accord rejetté dans la plaine;
Et qu'aprés auoir vû leurs Enseignes au vent,
Luy, s'estoit efforcé de gagner le deuant:
Voila ce qu'il rapporte, & dont il nous assure.

ALCANDRE.

Allons vanger sur eux & l'vne & l'autre injure.

ARTEMISE.

Gardez bien de sortir.

ALCANDRE.

O destins inhumains!
Quoy? Madame, ainsi donc vous me liez les mains?

ARTEMISE.

Voulez-vous laisser seule en ce lieu vôtre Reine?

ALCANDRE.

Soûtenons donc l'assaut, & suiuez moy, Tyrene.

ARTEMISE.

I'y veux estre en personne, & voir l'euenement:
Ils s'en vont. *Vous demeurez.*

DORALIE.

Tant mieux; i'attendray Cenomant:
Cét assaut pour entrer est un coup d'industrie:
Va donc dans le caueau, va le prendre, Hyperie;
Lyzidan est gagné, qui commande en la Tour,
Il le doit faire entrer: va; i'attends ton retour.

HYPERIE.

Ie reuiens aussitôt, Madame, & ie l'ameine.
Bas. *Ie luy vendray bien cher cette legére peine.*

SCENE III.

DORALIE. (Seule.)

DAngereuse entreprise, & qui flatte mon cœur
Dans l'espoir de reuoir cét aymable Vainqueur;
Donc pour vn Ennemy, Dieux! qui pouroit le croire
Ie trahy mes parents, ma patrie, & ma gloire?
Et fay ceder encore au desir de le voir
Honneur, raison, vertu, pudeur, crainte, & deuoir?
Que dy-je? en quelle erreur me jette cette crainte?
Deuoir, honneur, vertu, vôtre loy m'est trop sainte;
Non non, sans l'offenser en ce que i'entreprends,
Ie sauue mon pays, ma gloire, & mes parents.
Mais aymer Cenomant? luy qui poursuit ma Mere,
Luy qui n'épargne pas le Tombeau de mon Pere?
Mais le treuuant tout autre, & fidele & charmant,
Puis-je, quoy qu'il ait fait, n'aymer pas Cenomant?
Il abbat nos remparts; ie l'oblige à le faire;
De vray, pour ce qu'il m'ayme il nous est auersaire;
Il a parmy le sang mes appas pour objets,
Et pour me posseder il détruit mes Sujets;
Il montre, en les perdant, ce zele dont il m'ayme,
Son courage contre eux, son amour pour moy-mesme:
Auteur de mes plaisirs, comme de mon soucy,

Cher Amant Ennemy! Mais enfin le voiy;
Tel estoit sous l'armét le puissant Dieu de Trace,
Tel Achille marchoit, & telle fut sa grace.

SCENE IIII.

CENOMANT, HYPERIE, DORALIE.

CENOMANT. (Au bout du theatre en entrant.)

QVoy? tu dis qu'elle m'ayme? ô discours plein d'appas!

HYPERIE. (Bas.)

I'ay trop parlé sans doute, il ne le sçauoit pas.

DORALIE. (Les ayant oüis, & se tirant à côté.)

Elle a donc reuelé mon amoureux martire:
Tant mieux, c'est m'épargner la honte de le dire.

HYPERIE. (S'auançant à Doralie.)

I'ay si bien combattu, que voicy mon butin;
Ie remets en vos mains sa vie & son destin.

CENOMANT.

L'amour & mon desir secondant son enuie

Vous

Vous offrent en effect mon destin & ma vie.

DORALIE.

Ennemy, prisonnier, quel vous doy-je nommer?

CENOMANT.

Ie ne suis Ennemy, que pour vous trop aymer;
Et de quelques efforts qu'on blâme ma poursuite,
L'honneur doit l'acheuer, & l'amour l'a produite;
Sçachant vôtre pudeur, i'égale en mon soucy
Au bon-heur de vous voir le mal-heur d'estre icy;
Autant que ie vous treuue & belle & vertueuse
Vous verrez mon amour sainte & respectueuse.

DORALIE.

C'est triompher d'vn lieu difficile & suspect
Par armes au dehors, au dedans par respect.

CENOMANT.

Le fruict de mon triomphe est l'honneur de vous plaire;
Ie ne treuue qu'en vous ma gloire & mon salaire:
On diroit que ce Dieu qui m'enflame le sein,
Comme il regit mon cœur, gouuerne aussi ma main;
Ceobante....

DORALIE.

A propos, qu'à-t'il fait à sa honte?

CENOMANT.

I'estois icy venu pour vous en rendre conte.

DORALIE.

Tous objets, prés de vous, me sont indifferents;
Ie perds, auec mon cœur, le soin de mes Parents.

CENOMANT.

I'en prens assez pour tous; vous le verrez, Madame:
Ceobante a gagné plus d'honneur que de blâme;
Ayant de vos desirs l'Oracle consulté,
Ie veux à mon retour le mettre en liberté;
Ce coup venu du Ciel nous estoit necessaire,
Pour traiter de la, paix & commencer l'affaire.

DORALIE.

Pour nôtre commun bien c'est vn digne soucy:
Allons en discourir en autre lieu qu'icy;
La salle n'est pas propre à cette conference,
Vous serez dans ma chambre en plus grãde asseurance;
Vous pourrez deceuoir mes Filles dans ces lieux,
Que iamais n'ont conneu vôtre front ny vos yeux,
Mais n'y retournez plus, faites moy cette grace;
I'ayme & craints de vous voir; n'entrez plus dans la place;
Le danger est trop grand.

CENOMANT.

Plus grande est mon amour.

DORALIE.

C'est tenter trop de fois la fortune en vn iour;
Vous mettez en peril vous, moy, vôtre Couronne

CENOMANT.

Pour ce coup Ceobante assure ma personne.

DORALIE.

Allons donc en parler vn peu plus seurement.
Ecoute.

HYPERIE. (Apres que Doralie luy a parlé à l'oreille.)

I'accomply vôtre commandement.

SCENE V.

HYPERIE. (Seule.)

ELle emmeine ce Roy; Tout va bien, Hyperie,
Tu connois son amour, poursuy ta tromperie:
Ne l'ay-je pas deceuë auec subtilité?

I'empruntois tous les trais de la fidelité,
I'estois modeste icy, là libre & genereuse;
Tout cela, pour sonder sa pensée amoureuse:
Qu'elle a bien pris l'amorce, & moy mon temps aussi!
Et qu'Alcandre auerty va loüer mon soucy!
Ce n'est qu'à cét effect qu'il me tient auprés d'elle;
On me verra perfide, afin d'estre fidele;
Ouy, c'est mon Maître enfin; ie fay ce que ie doy;
L'interest me rejette en ma premiere foy;
Et pour ma liberté que ie tiens assurée
C'est vn prix fort commun qu'vne foy parjurée.
Au retour de l'assaut allons donc le treuuer,
Et perdons Doralie afin de nous sauuer.
Mais elle aura sujet d'accuser ma paresse;
De fait, elle reuient, sa presence me presse:
Allons executer, aprés auoir tardé,
Ce que tantôt tout bas elle m'a commandé.

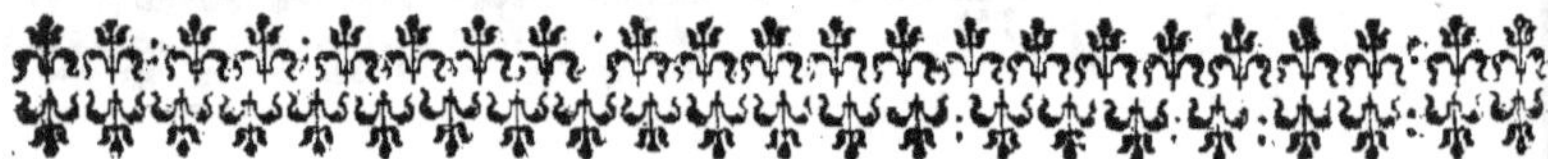

SCENE VI.

CENOMANT, DORALIE.

CENOMANT. (Sortant de la chambre de Doralie.)

OVy, ie vous le promets, cette affaire est concluë,
Sur tous mes interests vous estes absoluë;
Dés mon premier retour dans nos retranchemens

Ie ſuiueray vôtre auis & vos commandemens:
Ainſi la liberté renduë à Ceobante
Le fera ſeconder mes vœux, & vôtre attente,
Comme il eſt genereux il payra mes bienfaits;
La Reine à ſa priere acceptera la paix.

DORALIE.

Fuſt-elle inexorable, il poura la reduire.

CENOMANT.

Mais Alcandre eſt à craindre, & nous peut beaucoup nuire;
Car puis qu'il vous pretend, ſur vn eſpoir ſi doux
Il troublera la paix & l'hymen entre nous;
Il gouuerne la Reine,

DORALIE.

Et non pas ſa Famille.

CENOMANT.

Il eſt ſon General.

DORALIE.

Et moy ie ſuis ſa Fille.
Mais d'ailleurs vos progrés nous ont reduits au poinct
De rechercher la paix quand il n'en voudroit point.

SCENE VII.

HYPERIE, CENOMANT, DORALIE.

HYPERIE. [s'auançant à Cenomant.]

QVoy doncque? vous treuue encore en cette place?

CENOMANT.

Mon amour m'y retient.

HYPERIE.

Et ma peur vous en chasse:
On est sur la retraite, on va finir l'assaut.
Par l'ordre & le signal que i'ay fait voir la haut.

DORALIE.

Souffrez qu'elle vous chasse, & que pour vous ie craigne.

CENOMANT.

Au dessus de la Tour auez-vous mis l'Enseigne?

HYPERIE.

Trop tôt; puis qu'on vous treuue encore dans ce lieu.

DORALIE.

Je l'auois ordonné.

CENOMANT.

Belle Princesse, adieu.

DORALIE.

Mais ne hazardez plus, grand Roy, vôtre personne:
Adieu.

CENOMANT. (Donnant vn diamant à Hyperie.)

Voicy, pour toy, l'adieu que ie te donne.

DORALIE.

Allez, suiuez ce Prince, & le reconduisez.

HYPERIE.

I'offenserois vos dons, s'ils estoient refusez.

DORALIE. (Seule.)

Aprés de si grands maux, aprés vn tel orage,
Le beau port que ie treuue au milieu du naufrage.
Mais ie retombe en mer quand le port s'est montré:
Que voy-ie? quel danger! l'ont-ils point rencontré?
Il est parti trop tard; ie tremble, quand i'y pense;
L'assaut n'est pas fini, qu'vn plus grand recommence.

Alcandre & son Lieutenant viennent par l'endroit où Cenomant est sorty.

SCENE VIII.

ALCANDRE, DORALIE, TYRENE.

ALCANDRE.

NE craignez rien, Madame, & pourquoy tremblez vous?

DORALIE.

Ce n'est pas sans sujét; Fortune!

ALCANDRE.

Elle est pour nous;
Ces assaux redoublez sont à nôtre auantage

TYRENE.

Et sur tous le dernier.

DORALIE.

Ie le craints dauantage.

ALCANDRE.

On ne trëuua iamais....

DORA.

DORALIE.

Quoy? qu'auroit-on treuué?

ALCANDRE.

D'assaut si bien donné, ny si mal acheué;
Leur retraite, & si promte, & si precipitée,
Pouroit estre à bon droict, pour fuite reputée.

DORALIE.

Fuite heureuse!

ALCANDRE.

Il est vray; mais pour eux.

DORALIE.

Mais pour moy.

ALCANDRE.

Ils ne me seroient pas échappez, ni leur Roy.

DORALIE.

Ah! ie craints pour luy seul, son destin m'épouuante.

ALCANDRE.

Vous craignez hors de temps; pour qui?

DORALIE. (Surprise, & aprés auoir réué.)

Pour Ceobante.

TYRENE.

Conceuez-vous enfin le sujét de sa peur ?

DORALIE. (Bas.)

Ce mot seul m'a sauuée, & r'asseure mon cœur.

ALCANDRE.

Ce bras vous le rendra, Madame, ie le jure.

DORALIE. (En equiuoque.)

Ie l'attends.

ALCANDRE.

Ouy, ce bras vangera vôtre injure.

DORALIE.

Vous seriez en danger; vous prenez trop de soin.

ALCANDRE.

I'en prendray plus encore.

DORALIE. (Froidement.)

Il n'en est pas besoin.
Adieu; de vos exploits entretenez la Reine.
Sortons; i'ay veu l'Esclaue, & ie suis hors de peine.

L'Esclaue paroît au bout du theatre. bas.

SCENE IX.

HYPERIE, ALCANDRE, TYRENE.

HYPERIE.

CHerchons Alcandre enfin: que l'assaut m'a duré!
Respirons, & suiuons mon dessein differé.

ALCANDRE. (Au bout du theatre.)

Cét adieu si mal pris est bien froid pour ma flame:
Mais l'Esclaue à propos consolera mon ame.
Sur quel dessein réuoit Hyperie à l'écart?

HYPERIE.

Il vous regarde seul.

TYRENE. (Se voulant retirer.)

Ie n'y puis prendre part,
Le secrét important fait que ie me retire.

ALCANDRE. [le retenant.]

Nous l'entendrons tous deux, quoy qu'elle puisse dire;
Mon esprit n'eut iamais rien de caché pour vous.

Parle donc.

HYPERIE.

Ie ne puis, lors que ie m'y resous:
Publieray-je ce crime? oseray-je le dire?

ALCANDRE.

Elle parle d'vn crime, elle pleure, & soûpire:
Que seroit-ce?

HYPERIE.

Vn mal-heur.

ALCANDRE.

Quel?

HYPERIE.

Helas! qu'il est grand!
Mon cœur ne l'ose dire, & mon cœur l'entreprend.

ALCANDRE.

Plus que le propre mal, l'attente en est cruelle:
Dépéche.

HYPERIE.

Vous verrez si ie vous suis fidelle:
Mais pour ce rare effect de ma fidelité,
Ie demande, Seigneur.

ALCANDRE.

Et quoy?

HYPERIE.

La liberté ;
Ce prix me fut promis , l'affaire est importante.

ALCANDRE.

Que ta sensible voix & m'afflige, & me tente !
Sois libre.

HYPERIE.

Et ce collier, ces fers, ôtez-les moy.

ALCANDRE. (Tire vne petite clef de sa poche, & en ouure son collier & ses fers.)

Viens ; ie t'accorde tout : enfin sçachons sur quoy.

HYPERIE. Tenant ses fers & son collier en ses mains.

Helas ! que doy-je dire ?

ALCANDRE.

Helas ! que doy-je craindre ?

TYRENE.

Quelque remords l'effraye, & semble la contraindre.

HYPERIE.

Preparez maintenant vôtre cœur aux douleurs,
L'oreille à mes discours, comme les yeux aux pleurs.

ALCANDRE.

D'vn tel commencement, quelle fin doy-je attendre?

HYPERIE.

Tout consiste en deux mots que vous allez entendre:
Doralie ayme....

ALCANDRE.

Qui? nomme le.

HYPERIE.

Cenomant.

ALCANDRE.

Que Doralie ait eu ce lâche mouuement?

HYPERIE.

Ouy contre l'apparence, & contre l'Etat mesme.

TYRENE.

Cette foudre le rend perclus, muét, & bléme:
R'appellez ce grand cœur, ce cœur si genereux.

ALCANDRE.

Tirez-le de mon sein plustôt ce mal-heureux.
Iustes Dieux! Mais que fay-je? en vain ie les reclame;
Ils n'ont point de remede aux douleurs de mon ame:

Elle ayme vn Ennemy? Non; ma voix, que dis-tu?
Mon cœur, qui te dément, parle de sa vertu;
Elle ne peut commettre vne faute pareille;
Doy-je à ce faux rapport en croire mon oreille?

HYPERIE.

Pour peu que vous soyez sensible & curieux,
Si vous ne m'en croyez, vous en croirez vos yeux;
Vous les verrez ensemble.

ALCANDRE.

Icy?

HYPERIE.

Dans cette place?

TYRENE.

O Dieux! à ce recit ie me sents tout de glace.

ALCANDRE.

Quoy? ce Roy dans ce Fort?

TYRENE.

Ce Roy?

HYPERIE.

Luy-mesme, luy,
Que Doralie a veu par deux fois aiourd'huy.

ALCANDRE.

Le ſçais-tu?

HYPERIE.

Ie le ſçay, comme leur confidente,
Qui vous ſerts, qui vous rends leur amour euidente,
Qui l'ay veu, l'ay conduit, & viens de le quiter.

ALCANDRE.

Courons à luy, courons; il faut me contenter;
Montre le moy; volons ſur ſes pas, Hyperie:
Prepare toy, mon bras; arme toy, ma furie:
Il me ſemble déja que ie nage en ſon ſang:

HYPERIE.

Mais en vain; ô mal-heur! car il eſt dans ſon Camp.

ALCANDRE.

Fureur, bras, arreſtez; il eſt en aſſurance:
Quoy? ne m'as-tu donné qu'vne vaine eſperance?
Doncque tout ce grand feu ſe reſout en vapeur?
Tu ne mets en mes mains qu'vn fantôme trompeur?
Ne me le cele plus; eſt-il chez la Princeſſe?

HYPERIE.

Non; ie l'ay mis dehors.

ALCANDRE.

Et ma colere ceſſe?

Ah!

Ah ! perfide ! il falloit auant m'en auertir.

HYPERIE.

Vous estiez à l'assaut ; luy, pressé de sortir.

ALCANDRE.

Et laisser, ô Méchante, èchaper cette proye?
Rends la nous.

HYPERIE.

Ouy, Seigneur; si le sort la r'enuoye.

ALCANDRE.

Reuiendra-t'il encor?

HYPERIE.

Non.

ALCANDR.

Ah ! ie suis perdu.

HYPERIE.

A ses vœux Doralie a ce poinct deffendu.

ALCANDRE.

Reprends tes fers, Esclaue; euite ma presence;
Pour Doralie encor i'ay cette complaisance:
Renchainez la Tyrene.

HYPERIE.

Helas ! quel changement !
Et bien, si ie remets en vos mains Cenomant ?

ALCANDRE.

Le pourois-je esperer ?

HYPERIE.

Ouy, Seigneur, ie le iure,
Et que vous vangerez sur ce Roy vôtre iniure.

ALCANDRE.

Tyrene, laissez la. Comment le feras-tu ?

HYPERIE.

Songeons y; mon esprit montre icy ta vertu.
I'ay treuué le moyen, il est indubitable :
Mais, Seigneur, i'en preuoy ma perte ineuitable.

ALCANDRE.

Ne craints rien, en ce cas ie te doy proteger;
Et ie prends tout sur moy, ce fardeau m'est leger :
Parle donc.

HYPERIE.

Vn billét contrefait par adresse

Vous le rameine, icy mandé de la Princesse.

ALCANDRE.

C'est le Ciel qui t'inspire vn si beau mouuement.

HYPERIE.

R'entrons ; ie vous diray le tout plus clairement ;
D'vn esprit plus remis permettez que i'explique
Et tant de vains assaux , & toute leur pratique ,
Leur dessein , leurs amours . le temps , & la façon.

ALCANDRE. (Luy donnant la clef de ses fers.)

Ouy : Mais remets tes fers , pour ôter tout soupçon.

TYRENE. (Luy remettant ses fers.)

Tu sauues d'vn seul coup , fauorable Hyperie ,
Doralie , Artemise , Alcandre , & ta Patrie !

On ferme le Mauzolée.

ACTE IIII.

SCENE PREMIERE.

DORALIE, CEOBANTE.

DORALIE.

CEOBANTE, quel sort vous redonne à mes yeux?

CEOBANTE

Le plus heureux du monde & le plus glorieux.

DORALIE.

Dans vne heure estre pris? & rendu dans vne autre?
C'est l'effect d'vn destin plus heureux que le nôtre.

CEOBANTE.

Et si grand, que iamais ie ne l'eusse attendu:
A peine ay-je eu loisir de me croire perdu;
Comme ce coup fatal m'est venu sans le craindre,
Ie m'en suis vû gueri deuant que de me plaindre;
Sorti i'ay seulement reconnu ma prison,

Ie ne sçay si i'y fus, i'en doute auec raison:
Cet Ennemy courtois, en me sauuant la vie,
Ne me plaignoit pas moins que s'il me l'eust rauie:
Mais à cette faueur joignant ma liberté,
Que n'a-t'il pas montré de generosité?

DORALIE.

Auez-vous vû la Reine?

CEOBANTE.

Vn moment.

DORALIE.

Qu'en dit-elle?

CEOBANTE.

Que sans doute le Ciel me tient en sa tutelle;
Qu'elle ne peut sortir de son étonnement;
Qu'elle rend grace aux Dieux.

DORALIE.

Et rien de Cenomant?

CEOBANTE.

Non: Soyez plus sensible à sa vertu supréme;
Il est courtois, vaillant; & de plus il vous ayme;
Ce dernier poinct m'oblige autant que ses bien-faicts;
Déja son alliance entre dans mes souhaits?

Et ie m'en vay moy-mesme y disposer la Reine:
Preferez son amour à vôtre iniuste haine,
Et croyez, Doralie, aprés mon sentiment,
S'il est fier Ennemy, qu'il est plus doux Amant.

DORALIE. [froidement]

Par vôtre liberté ie connoy son merite.

CEOBANTE. (bas.)

Qu'elle est froide! Madame, il faut que ie vous quite;
On m'attend au Conseil.

DORALIE.

Allez; ie vous y suy.
Seule. *Ah! que i'ay déguisé mon desir deuant luy!*
Reuiens, desir, espoir: Dieux! comme tout se change!
Qu'est-il que la vertu dessous ses loix ne range?
Elle fait rechercher ce qu'on a dédaigné:
Courage, il est à nous, Cenomant l'a gagné;
Auec vn tel appuy ie ne craints plus Alcandre.
On dispute ma cause: Allons au moins l'entendre.

SCENE II.

On ouure le Mauzolée, où l'on tient le Cõseil de guerre, & Doralie y entre.

ARTEMISE, DORALIE, CEOBANTE, ALCANDRE.

ARTEMISE.

Est-ce là cette paix? est-ce là cet accord?
M'en osez-vous parler? me faites-vous ce tort?
Demander Doralie? & pour qui? quelle audace!
Prenez-vous ce chemin pour rentrer en la place?
Me parler d'alliance auecque Cenomant?
Vous luy deuiez promettre encor ce Monument,
Les cendres de Mauzole, & toute ma Famille;
Non, ce n'est pas assez d'un sceptre, & de ma Fille:
Quoy? ne seroit-ce pas par de lâches effects
Le payer dignement des maux qu'il nous a faits?
Sa fureur qui nous perd, seroit recompensée?
Sa haine auroit un prix de m'auoir offencée?
Et pour l'excez commis d'un pays ruiné,
Qu'il a détruit luy-mesme, il luy seroit donné?
O proiét temeraire, & qui n'a point d'exemple!
Faire cét hymenée? & comment? en quel Temple?
Tous les nôtres déja sont par luy profanez,
Nos Autels demolis, nos Dieux abandonnez,
La sainteté des lieux est par tout violée;

Vn seul Tombeau nous cache, & c'est le Mauzolée;
Qu'il vienne, le Barbare, en ce projét nouueau
Accomplir son hymen dessus ce froid Tombeau;
De toute la Carie vn seul Temple nous reste,
Nous n'auons qu'vn Autel, encore est-il funeste:
Qu'il s'en serue, qu'il vienne en ce triste sejour
Du Temple de la Mort faire vn Temple d'Amour;
Voicy, voicy le lieu propre à cette hymenée;
Ce marbre seruira de couche infortunée,
Et l'Ombre de Mauzole autour de son Tombeau,
En la place d'Hymen, portera le flambeau.

DORALIE.

Dieux! ie tremble à l'oüir, & ce triste langage
D'vn hymen mal-heureux m'est vn mortel presage.

ARTEMISE.

Mais que viue plustôt i'entre en ce Monument,
Que d'agréer ses feux & rompre mon serment;
Je l'ay fait, & ie iure encor par cette Cendre,
Par ce lieu qu'il attaque, & qu'il nous faut deffendre,
Que iamais Cenomant, cét Ennemy mortel....

CEOBANTE.

N'en parlez pas ainsi, croyez qu'il n'est pas tel;
Madame, permettez que ma bouche réponde
Pour vn Roy si courtois & le plus doux du Monde.

ARTE-

ARTEMISE.

Tel le voit la Carie, on l'a tel épreuué.

CEOBANTE.

Ie le figure au vray tel que ie l'ay treuué,
Vertueux, obligeant, à nos mal-heurs ſenſible:
Il n'a pour tous deffauts qu'vne amour inuincible,
Qui l'arme contre nous, & le fait ſoûpirer
Pour le ſang que ſon bras eſt contraint de tirer;
Son cœur auec ſa main n'eſt pas d'intelligence;
L'amour le fait combattre, & non pas la vangeance:
Regardez ſes drappeaux; on y lit à l'entour
(Ennemy ſeulement pour auoir trop d'amour.)
Quoy que victorieux il tienne la Carie,
Aymez le, il vous la rend; écoutez le, il vous prie;
Il vous offre le ſceptre aprés l'auoir ôté,
Pour montrer ſeulement qu'il l'a trop merité.
Il pretend Doralie; & tout l'en montre digne,
Sa vaillance, ſon rang, & ſon amour inſigne:
Ie doute qui des deux on doit plus accuſer,
Luy, de pourſuiure ainſi; vous, de le refuſer:
Ie l'excuſe aprés tout, & deſormais i'eſtime
Sur l'iniuſte refus la guerre legitime;
Voyez de quels mal-heurs il eſt accompagné,
Et refuſant ce Roy ce que l'on a gagné:
Depuis que ce refus luy fit prendre les armes

Nous n'auons vû que feux, que meurtres, & qu'al-
larmes;
Mesme ces Rhodyens prés de mon murs logez,
Qui vous payoient tribut, nous tiennent aßiegez;
Ils vous ont attaquée, ils vous ont combatuë,
Vous, que dans Rhode mesme ils craignoient en statuë;
Ils vous ont fait fuyr iusqu'en ce Monument.

ALCANDRE.

Et tout cela, mon Prince, enfin par Cenomant:
Vous blâmez leur reuolte; & c'est luy qui les pousse;
Sa main rougit de sang; & vous la nommez douce;
Ils nous sont Ennemis; il les a soûleuez;
Ils suiuent ses desseins; & vous les appreuuez:
De dire que l'amour le porte en cette terre,
Qu'elle soit le sujét de cette iniuste guerre;
Non, pouroit-on tirer vn triste euenement,
Et tant de cruauté d'vn si doux fondement?
O Dieux! l'étrange amour! Sçachez, quoy qu'il publie,
Qu'il ayme cét Etat bien plus que Doralie:
Auant que de l'aymer, & que d'estre venu
Dedans le Mauzolée en habit inconnu,
Où luy-mesme nous dit que son feu prit naissance,
N'auions-nous pas senti son iniuste puissance?
Il n'aymoit pas encore; & lors il déploya
Mille voiles au vent qu'à Rhode il enuoya;
Qui depuis sous la main du General Pharnace
Vinrent fondre sur nous au port d'Halycarnace:

La Reine les deffit, mit Rhode sous ses loix:
Et ce Roy les soûleue encore vne autre fois;
Il reprend leur querelle, auec eux il s'allie,
Pour pretexte nouueau feint d'aymer Doralie:
Pourquoy, s'il n'est qu'Amant, joindre nos Ennemis?
Réueiller des Mutins, qui nous estoient soûmis?
Pour iuger du dessein, voyez la procedure;
Il se plaint d'vn refus, & poursuit leur injure:
Que ne se couure-t'il de son propre interest?
Prenant ainsi le leur, il montre ce qu'il est,
Ennemy conjuré de toute la Carie,
Qui sous vn nom d'amour exerce sa furie.

DORALIE.

Que dira-t'il? ô Dieux! que n'osé-je parler?

ALCANDRE.

Son dessein est iniuste; il falloit le voiler;
Le pretexte est d'amour; l'apparence estoit belle:
Mais l'effect a rendu la cause criminelle:
Liguer nos Ennemis, pour vanger vn refus?
Tout perdre?

DORALIE.

A ces raisons il cede, il est confus.

CEOBANTE.

Mais il rend tout aussi, pays, sceptre, & moy-mesme;

Et de tant de faueurs pour prix souffrez qu'il ayme ;
Permettez luy ce poinct, la Carie est à vous ;
Ce Conquerant viendra vous la rendre à genoux.

ARTEMISE.

Quelques autres raisons que vôtre esprit inuente,
Alcandre à pris le faict, genereux Ceobante :
Ie connoy vôtre cœur, ie sçay que vous m'aymez,
Et qu'vn mesme dessein nous tient tous enfermez ;
Que vous & vos soldats prenez part à ma perte ;
Que toute la Lycie auec eux m'est offerte ;
Qu'aprés la triste mort d'vn Epoux si cheri
Vous m'auez tenu lieu de Fils & de Mary :
Tous vos discours, suspects en la bouche d'vn autre,
Me semblent, cher Neueu, vertueux en la vôtre ;
Si vous auez loüé ce Monarque vainqueur,
C'est par reconnoissance, & non faute de cœur,
C'est à quoy par deuoir vôtre honneur vous conuie ;
Vous luy deuez beaucoup, en luy deuant la vie :
Ce poinct, qui par raison vous porte à l'estimer,
Tout Ennemy qu'il est me le feroit aymer ;
Si tant de cruauté, de perte, & de dommage
Ne me le presentoit dessous vne autre image ;
Si l'outrage plus grand n'effaçoit en effect,
Par nos maux endurez, le bien qu'il vous a fait.

CEOBANTE.

Nous meritons encor tous ceux qu'il nous prepare ;

Quoy? pourois-je oublier vne vertu si rare?
Puis que ie ne luy serts que d'vn si foible appuy,
Madame, permettez que ie retourne à luy,
Que ie r'entre en mes fers, & que mon impuissance
Soit la marque du moins de ma reconnoissance.

ARTEMISE.

O Dieux! que dites-vous?

CEOBANTE.

Tout ce que ie feray.

ARTEMISE.

Faites, faites, cruel; sçachez que ie mouray;
Ouy, deuant que le sort à ce Roy nous allie,
Ie me sacrifieray moy-mesme, & Doralie:
Impie, est-ce le fruict de mes plus tendres soins?
Ie vous tenois pour fils; & que m'estes-vous moins?
N'ay-je pris le soucy de vos jeunes années,
Qu'afin de voir par vous les miennes terminées?
Va, cœur dénaturé, va donc, il t'est permis,
Va, sois le plus méchant de tous mes Ennemis;
Crüel à tes Parents, ingrat à qui t'honore,
Va suiure ce Barbare, & le sois plus encore;
Va.

ALCANDRE.

Madame, écoutez; Prince, que direz-vous?

CEOBANTE.

Alcandre, ie ne ſçay.

ALCANDRE.

La laiſſer en couroux?

CEOBANTE.

Laiſſeray-je ma foy?

ALCANDRE.

Laiſſerez-vous la Reine?

CEOBANTE.

Ie ſuy l'honneur, ie ſuy ſa loy plus ſouueraine.

ALCANDRE.

Le ſang & la Nature ont bien vn autre rang;
Suiuez leurs loix, oyez la Nature, & le ſang.
Ouy, Madame, il reuient: quittez vôtre colere;
S'il a craint d'eſtre ingrat, il craint de vous déplaire;
Enfin il fait ceder en vn combat ſi grand
Le nom de redeuable à celuy de Parent.

ARTEMISE. (Se leuant.)

A ce coup ie connoy que Ceobante m'ayme:
Et i'ay donté ſon cœur, par ſon courage meſme.

CEOBANTE.

Non, ne relâchons point ; mon esprit se resout ;
Plustôt que de te perdre, ô ma foy, perdons tout.

ARTEMISE. (L'emmenant.)

Allons vaincre une humeur si réueuse & si triste.
Ciel, faites le fléchir.

DORALIE. (bas.)

Ciel, faites qu'il persiste.

ALCANDRE.

Elle sort : Tout va bien, songeons à d'autres coups ;
Passons.

SCENE III.

HYPERIE, ALCANDRE.

HYPERIE.

Je vous cherchois.

ALCANDRE.

Et bien, le verrons-nous ?

HYPERIE.

Ouy, Seigneur; le voicy, que Lyzidan ameine:
Je courois deuers vous, & i'en ſuis hors d'haleine;
Luy-meſme le conduit, de crainte d'accident;
Ie vous ay déja dit qu'il eſt leur confident:
Vous connoîtrez enfin que ie ſuis veritable.

ALCANDRE.

Croy, croy que ce deſſein te ſera profitable:
Ie te donne à la Reine, afin de t'aſſûrer;
Ta retraite eſt certaine.

HYPERIE.

Il nous faut retirer,
Vous, dans ce Cabinét; moy, i'iray chez la Reine.

ALCANDRE.

Mais fay venir deuant des Gardes & Tyrene.

HYPERIE.

Voicy ce Roy.

ALCANDR.

Mon cœur ne ſe peut contenir:
Retirons nous pourtant, & laiſſons le venir.

SCENE

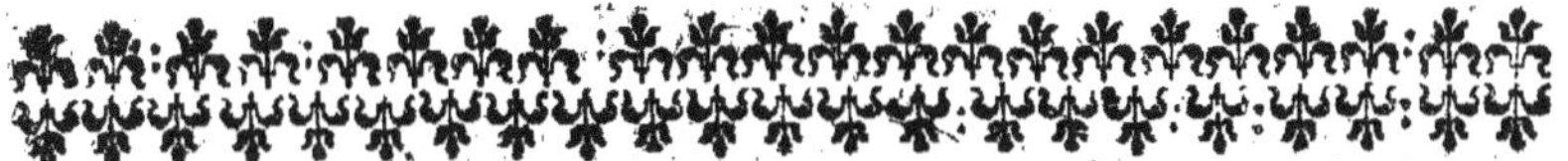

SCENE IIII.

LYZIDAN, CENOMANT.

LYZIDAN.

OVY, l'ordre d'Hyperie est que ie vous attende:
Mais venir sans assaut?

CEOBANTE.

La Princesse me mande:
Lyzidan, c'est assez; va, retourne en la Tour,
Pour y fauoriser & cacher mon retour.

LYZIDAN.

Ah! Seigneur, remettez vne telle visite,
Voyez en quel danger elle vous precipite;
Puis que i'ay reconnu vos secrets importans,
Croyez moy, retournez, & prenez mieux le temps.

CENOMANT.

Ie ne puis; & d'ailleurs Hyperie est prudente;
Ma sureté dépend de cette Confidente;
Le chemin sera libre, elle te l'a promis.

LYZIDAN.

Songez où vous allez, parmy vos Ennemis
Seigneur.

CENOMANT.

Va, laisse moy. Ie voy sa chambre proche.

ALCANDRE. (bas.)

Il en sçait le chemin.

LYZIDAN.

I'attendray vers la roche:
Conduisons le des yeux.

CENOMANT.

Que ce lieu m'est suspect!
Ie tremble; est-ce de peur? Non pas, c'est de respect:
Quoy que le cœur me die, & quoy qu'encor ie tremble,
Entrons.

ALCANDRE.

Laissons le entrer, pour les treuuer ensemble.

SCENE V.

ALCANDRE, LYZIDAN, TYRENE, CEOBANTE, GARDES.

ALCANDRE.

ARrestez. Vous, Tyrene auancez.

LYZIDAN.

A quel poinct
Le mal-heur de ce Prince & le mien est-il joint?

TYRENE.

On nous suit.

ALCANDRE.

Qui?

TYRENE.

Seigneur, le Prince de Lycie.

ALCANDRE. (S'auançant à Ceobante.)

La trahison, grand Prince, enfin est éclaircie.

CEOBANTE.

Qu'est-ce? Alcandre, & pourquoy ces Gardes assemblez?

ALCANDRE.

Cenomant est icy.

CEOBANTE

Que mes sens sont troublez!
Qu'entends-je? ah! quel mal-heur!

ALCANDRE.

Mais plustôt quelle audace!
Il seduit Doralie, & corromt cette place:
Elle l'ayme, il la voit. Lyzidan, qu'est-ce cy?

LYZIDAN.

Seigneur, par ordre exprés ie l'ay conduit icy;
La Princesse en vn mot m'a donné cette charge;
Et son commandement préuaut, & me décharge.

ALCANDRE.

Ce poinct me regardoit.

CEOBANTE.

Quoy? mesme vn Lycien?

LYZIDAN.

I'obey.

ALCANDRE.

C'est beaucoup; au moins faites le bien.

CEOBANTE.

Cenomant dans ce lieu ? quelle étrange auanture !
Sa perte m'est sensible autant que nôtre injure:
Quoy donc; que doy-je faire?

ALCANDRE.

Ah! Prince, autant que moy,
Seruir icy la Reine, & luy garder la foy.

CEOBANTE.

De mesme à le seruir cette foy me conuie.

ALCANDRE.

Vn perfide Ennemy?

CEOBANTE.

Qui m'a donné la vie.

ALCANDRE.

C'est bien obstinément aymer nos Ennemis;
Considerez la Reine; & qu'auez-vous promis?

CEOBANTE.

Trop.

ALCANDRE.

Ne serez-vous point touché de sa disgrace?
Contre elle quel Demon a suscité sa race?

L'Ennemy perd sa Fille; en estes-vous content?
Sa Fille la trahit; en ferez-vous autant?
Et bien; vous le voulez; le voila dans la place:
Attendrons-nous qu'il sorte, ou bien qu'il nous en chasse?
Si c'est peu de la Fille à ses honteux desseins,
Ouy, mettez luy la Mere encore entre les mains:
Il vous rend vif & libre; & c'est par vn enuie
De vous ôter l'honneur, qui vaut plus que la vie:
O Dieux! qu'à ce bien-faict vous estes obligé!
Que sa temerité vous doit rendre affligé!
Vous estes genereux; & ce Méchant vous trompe.

CEOBANTE.

Non non, ne croyez pas que ma foy se corrompe:
Quelque dessein qu'il ait; il est Prince, il est Roy;
Ie sçay ce qu'il merite, & ce que ie luy doy.

TYRENE.

Il vient.

ALCANDR.

Retirons nous où nous pouuons l'attendre:
Allons; vous sçaurez tout.

CEOBANTE.

Ie sçauray le deffendre.

SCENE VI.

DORALIE, CENOMANT.

DORALIE.

ALlez; ie n'entends rien; sortez, retirez vous.

CENOMANT.

Ecoutons nous, Madame.

DORALIE.

Helas! conseruons nous:
Quoy? venir sans assaut?

CENOMANT.

En diligence extréme.

DORALIE.

Ie l'auois deffendu.

CENOMANT.

C'est par vôtre ordre mesme.

DORALIE.

Quel ordre?

CENOMANT.

Le voila; regardez cét écrit.

DORALIE.

Auray-je, pour le lire, assez d'yeux & d'esprit?
On nous trahit tous deux; & par là ie soupçonne
Quelque dessein caché contre vôtre personne:
Ce billét de ma part?

CENOMANT.

Siné de vôtre main.

DORALIE.

Il me semble en l'ouurant qu'vn fer m'ouure le sein.

CENOMANT.

Ie le tiens d'Arbiran, vôtre Espion fidele.

DORALIE.

Doralie. *On mentoit; ce ne fut iamais d'elle.*
Mais lisons: Doralie à son Roy Cenomant.

CENOMANT.

Vous deuiez m'épargner, & lire: à son Amant.

LETTRE. (que Doralie lit.)

Ceobante trauaille, & montre vn grand courage.

Venez

Venez en diligence, & prenez bien le temps;
Il me reste à vous voir, pour accomplir l'ouurage;
N'attendez point l'assaut, puis que ie vous attends.

Puis que ie vous attends? moy? Dieux! quelle imposture!

CENOMANT.

Ce nom au bas, du moins est de vôtre écriture.
Ne sortirez-vous point de cét étonnement?

DORALIE.

Ie ne puis; sauuez vous; on vous perd, Cenomant:
Tout est faux, le billét, & l'auteur, & l'affaire;
Nos desseins ont bien pris vne face contraire.

CENOMANT.

Que dittes-vous?

DORALIE.

Sortez, fuyez; c'est dire tout.

CENOMANT.

Me cacher mon mal-heur?

DORALIE.

Le porter iusqu'au bout?

SCENE VII.

CEOBANTE, CENOMANT, DORALIE, ALCANDRE, TYRENE, LYZIDAN.

CEOBANTE.

NON, ie ne puis; c'est en vain qu'on me tente.

CENOMANT.

Encore vn mot. Qu'a fait cét ingrat Ceobante?

DORALIE.

Ce que contre vn rocher vainement & sans fruict
Font les flots, peu d'écume aprés, beaucoup de bruit.

CEOBANTE.

Et tu pourois, mon cœur, endurer cette iniure?

ALCANDRE. (à Ceobante.)

Vous l'oyez: Auanceons; souffrez qu'on s'en assûre.

TYRENE. (Aux Gardes.)

Vous autres, tenez vous tous prests à l'action.

ALCANDRE. (tirant l'épée.)

Tyrene, par ce fer voy mon intention.

DORALIE. (voyant Alcandre & Tyrene qui surprennent Cenomant.)

Ah! Prince, on vous surprend; helas! ie suis perduë.

CENOMANT. (pris & tenu.)

Quoy? perdray-ie la vie? & sans l'auoir venduë?

CEOBANTE.

Ce procedé merite vn reproche eternel;
L'attaque-t'on en Prince, ou bien en criminel?

CENOMANT.

Qui vous retient, mes bras?

ALCANDRE.

L'épée, il faut la rendre.

CENOMANT.

Rendre? Ah! si ie pouuois....

CEOBANTE

Que l'on l'épargne, Alcandre;
Respectez sa personne. Ah! que de vains efforts! (Puis s'adressant à Cenomant.)
Rendez vous sur ma foy, puis qu'ils sont les plus forts.

CENOMANT.

Parmy mes Ennemis ie voy donc Ceobante?
Ingrat, est-ce le fruict d'vne si iuste attente?

Rends-tu le bien ainsi, qu'on te vient de préter?
N'as-tu receu le iour, qu'afin de me l'ôter?
As-tu juré ma mort, toy, qui me dois la vie?
Ta liberté renduë a la mienne asseruie?
Qui iamais de la sorte a payé des bien-faits?
Vn mesme iour a veu ces differents effets;
Ceobante Ennemy me treuue à sa deffense;
Ie le sauue; il me perd; ie l'oblige; il m'offense.

CEOBANTE.

Que vous connoissez mal mon déplaisir secrét!
I'ay de vôtre mal-heur plus que vous de regrét;
Pour vous monstrer mes vœux & ma recognoissance,
Ah! que ne suis-ie encor dessous vôtre puissance!
Ma prison me plairoit, i'aurois moins de soucy;
Que n'y suis-je, plustôt que de vous voir icy!
A tous vos interests l'honneur, ma foy me lie:
Mais venir en ce lieu seduire Doralie?
Ie puis, sans estre ingrat, blâmer vôtre attentat;
Que ne vous doy-je point? que ne doy-je à l'Etat!

CENOMANT.

Ie vous rends vôtre foy.

CEOBANTE.

Non, rien ne m'en dispense.

CENOMANT.

Mais i'attends vne grace au moins en recompense,

Qu'à mon rang, qu'à ma perte on ne peut dénier:
Tenez, ie tends les bras, me voila prisonnier;
Mais pour souffrir ce nom, dont la honte me blesse,
Permettez moy d'offrir l'épée à ma Princesse,
Qu'elle seule ait sur moy ce droict d'autorité;
Ie ne rougiray point de ma captiuité.

CEOBANTE.

Laissez luy son épée; il m'a laissé la mienne;
Ie l'ay pris sur ma foy, ie le mets sur la sienne;
Ie pretends qu'on le traite ainsi qu'il m'a traité.

ALCANDRE.

Ie regarde ma charge.

CEOBANTE.

Et moy sa qualité.

DORALIE.

Ouy, cette charge, Alcandre, est belle & genereuse,
Et doit fort auancer vôtre flame amoureuse?
Vous croyez, par ce Roy que vous auez surpris,
Faire vn grand coup d'Etat, dont ie seray le prix:
Mais, traitre, mais, barbare, apprends que ie t'abhorre,
En perdant Cenomant que tu me perds encore;

Pour ſortir de tes mains qu'il me reſte vn Tombeau,
Que ie l'épouſeray pluſtôt que mon boureau.

ALCANDRE.

Ah! Madame, ie fay ce que la Reine ordonne,
Et c'eſt ſous d'autres noms, & c'eſt pour la Couronne.

DORALIE.

Et c'eſt pour ton amour, & c'eſt pour tes deſſeins:
Mais.....

CENOMANT.

Tous ces mouuements ſont trop grands & trop vains:
Vos maux & non les miens veulent que ie pâliſſe,
Vôtre douleur, Madame, eſt mon premier ſupplice;
Et le deſtin d'vn iour, par qui i'ay trop vécu,
S'il ne vous touchoit point, ne m'auroit pas vaincu:
Mais de vous voir en peine & mélée en ma faute,
Vous, qui pour y tomber, auez l'ame trop haute,
Vous, dont le Ciel ingrat connoît la pureté;
C'eſt où de mon deſtin ie ſents la cruauté.
Employez donc ce fer qui reſte en ma puiſſance,
Effacez par ma mort le ſoupçon d'vne offence;
Ouy, c'eſt à ce deſſein que ie vous l'offre icy:
Vangez vous; perdez moy; l'honneur le veut ainſi.

DORALIE.

Je le laiſſe en vos mains, pour vous vanger vous-meſme:
Adieu. Vous, cher Couſin, conſeruez ce qui m'ayme.

CEOBANTE.

I'auray pour vn Amy, i'auray pour vn Amant
Ce qu'vn cœur genereux conçoit de ſentiment.

DORALIE. (Regardant & Ceobante & Cenomant.)

Enfin ſouuenez vous, qu'en vos mains ie le laiſſe.

CENOMANT.

Ie vous entends.

DORALIE. (s'en allant.)

Cachons mes pleurs & ma foibleſſe.

CEOBANTE.

Gardes, retirez vous, n'approchez point ce Roy.

ALCANDR.

On le meine à la Reine.

CEOBANTE.

Et ie l'y meine, moy.

ALCANDRE.

Le tirer de leurs mains? ah! c'eſt trop entreprendre:
Contre vous nul icy n'oſeroit ſe deffendre,
Ce reſpect vous eſt dû; mais, grand Prince, penſez
Que i'agy pour la Reine, & que vous l'offenſez.

CEOBANTE.

Cette offenſe eſt vertu; ie veux bien en répondre.

CENOMANT.

Sa generosité commence à me confondre:
Prince, conseruez vous, ne suiuez point mes pas;
Aymez moy tout perdu, mais ne vous perdez pas.

CEOBANTE.

Non, si vous perissez, il faut que ie perisse;
Ie ne recule point, voyant le precipice.

ALCANDRE.

Prince, que faites-vous?

CEOBANTE.

Ie fay ce que ie doy.

LYZIDAN.

Voulez-vous donc perir?

CEOBANTE.

Ie veux garder ma foy:
I'yray de tout, Alcandre, en répondre à la Reine.
Lyzidan, suiuez nous.

ALCANDRE.

Et suiuez les, Tyrene;
Tandis qu'à nos soldats, qu'il en faut auertir,
Ie donne ordre par tout qu'ils ne puissent sortir.

ACTE

ACTE V.

SCENE PREMIERE.

ARTEMISE, CEOBANTE, TYRENE, HYPERIE.

ARTEMISE.

VOY? vous le retenez? quoy vous l'osez deffendre?

CEOBANTE.

Resolu de perir plustôt que de le rendre:
Ie le rendray pourtant, & dans peu, mais aux siens;
Ou nous mourons ensemble, & tous mes Lyciens.

ARTEMISE.

Allez: c'est trop souffrir vn excez de licence:
Allez, ingrat, allez; sortez de ma presence.

CEOBANTE.

Ouy, Madame, ie sorts; & ie iure en sortant
De signaler ma foy par vn coup important;
Alcandre.....

ARTEMISE.

Que dit-il?

CEOBANTE.

Répondra de l'outrage;
Qui rit de ma vertu connoîtra mon courage.

ARTEMISE.

Comment? vous menassez?

CEOBANTE.

C'est peu.

ARTEMISE.

Sortez.

CEOBANTE.

Ie sors;
Ie parle icy, Madame, & i'agiray dehors.

ARTEMISE.

Qu'à t'il dit? qu'ay-ie oüy? me craint-il? suis-ie Reine?
Empeschez son dessein.

TYRENE.

N'en soyez point en peine;
Que ie meure à vos pieds si l'vn ni l'autre sort:
Alcandre a déja mis tout l'ordre dans le Fort,

Tient en armes chacun; la Garde eſt renforcée.

ARTEMISE.

Obſeruez l'inſolent ; il m'à trop offenſée.

TYRENE. (s'en allant.)

C'eſt vn feu de jeuneſſe , & ie vay l'appaiſer.

ARTEMISE.

Ah ! Fille ! que de maux ton amour va cauſer!
N'eſtoit-ce pas aſſez de me voir aßiegée,
Mon Royaume perdu, ma Maiſon rauagée?
Deuois-je aux derniers maux où mes iours ſont ſoûmis
Conter ma Fille encor parmy mes Ennemis?
Helas! ce dernier trait me perce iuſqu'à l'ame:
S'eſt-elle pû jetter dans vne indigne flame?
Receuoir en ſon cœur, receuoir en ces lieux
Vn Ennemy mortel, ſanglant, & furieux?
S'entendre auecque luy par de ſourdes pratiques,
Et joindre ce Barbare à nos Dieux domeſtiques?
En faire ſon Idole? ô ſenſible regret!
Le voir & luy parler, l'attirer en ſecrét?

HYPERIE.

Madame, n'ayez point de ſoupçon qui l'offenſe;
Permettez, s'il vous plaît, ce mot en ſa deffenſe:
Ie n'ay veu Cenomant dans le Fort qu'auiourd'huy;
Qu'vn amour vertueux en elle comme en luy;

I'en ſuis témoin, Madame, & l'ayant accuſée,
Si i'en dèpoſois plus, vous ſeriez abuſée.

ARTEMISE.

Vn vertueux amour? que i'auois deffendu?
Aymer vn Ennemy, par qui i'ay tout perdu?
L'introduire en ce Fort? luy liurer cette place?

HYPERIE.

Sans l'excuſer, Madame, écoutez moy, de grace:
Lyzidan Lycien qui le mit dans le Fort,
Qui m'a tout confeſſé, dit qu'on la blâme à tort,
Qu'il auoit ordre exprés au ſortir de la place
De tuer Cenomant ſans bruit & ſans menace;
Qu'elle ne l'auoit veu que pour ce ſeul effect:
Il eſt vray que l'amour le rendit imparfaict.

ARTEMISE.

Croyons ce qu'il en dit; mais toûjours elle l'ayme:
Et c'eſt ce qui m'offenſe; ah! l'iujure eſt extréme.
Mais ie me vangeray d'elle & de ſon Amant;
Ie le tiens, ie le tiens, ce cruel Cenomant:
Royaume deſolé, viens vanger, ma Carie,
Ton outrage & le mien, & tant de barbarie:
Arme toy, ma fureur, viens ſoûtenir mes droicts;
Commenceons ſur ma Fille à les punir tous trois:
Fay la venir; ie veux me baigner dans ſes larmes,
Tandis qu'au Cabinét ie vay prendre mes armes;

Pour eſtre toute preſtre à repouſſer l'effort
Et l'orage incertain qui menaſſe le Fort.

HYPERIE.

Madame, épargnez la.

ARTEMISE. (s'en allant.)

Fay ce que ie commande.

HYPERIE.

Sa faute.... Elle eſt partie: Ah! que la mienne eſt grande!
Oſeray-je la voir? comment? & de quel front?
Moy, moy, qui luy procure vn ſi tragique affront?
Helas! que de regrets le repentir me cauſe!
Que de trouble! & i'en ſuis l'inſtrument & la cauſe.
Mais attendray-ie Alcandre? il s'auance à grands pas.

SCENE II.

ALCANDRE, HYPERIE.

ALCANDRE.

Tous leurs efforts ſont vains; ils n'échapperont pas;
Et bien, que fait la Reine?

HYPERIE.

Ah! Seigneur, elle s'arme.

ALCANDRE.

Où ?

HYPERIE.

Dans son Cabinét.

ALCANDRE.

Elle a donc pris l'allarme,

HYPERIE.

Elle mande sa Fille ; & ie la vay querir.

ALCANDRE. (seul.)

Suis-je Amant ? qu'ay-ie fait ? ah ! ie deuois perir,
Ouy, ie deuois plustôt renoncer à ma flame
Que de luy procurer cette honte & ce blâme :
Songe à son desespoir, figure toy ses pleurs ;
Et pense, ingrat Amant, que ce sont tes faueurs ;
Conte tous ses soûpirs, cruel, entends ses plaintes,
Voy son cœur offensé dans ces viues attaintes,
Peints la dans ton esprit au milieu du tourment,
Qui dit : Voila l'état où m'a mise vn Amant.
Amant ? Non non, ce titre est pour vne Couronne,
Par vn reproche mesme en vain ie me le donne,
Ie le perds ce beau nom aprés ce que i'ay fait,
Je me le donne en songe, & me l'ôte en effect :
Quand de ce haut desir mon ame fut flattée,
Elle n'y monta point, elle s'y vit montée :

I'accusay ma fortune, & suiuis ses appas,
I'acceptay cét honneur, & ne l'esperay pas,
Mon amour écouta la Reine & sa promesse;
Sans croire par raison d'obtenir la Princesse:
Songe enfin que ce rang ne t'est pas destiné,
Qu'il faut auoir vn Sceptre & se voir Couronné;
Voy comme Doralie est ailleurs engagée;
Voy les maux où l'amour & sa foy l'ont plongée;
Voy le choix qu'elle a fait, libre, mais glorieux;
D'vn Roy, bien qu'Ennemy, grand & victorieux;
Voy la Reine, qui croit sa Fille deloyale;
Voy la combustion dans la Maison Royale;
Voy Ceobante armé pour maintenir ce Roy;
Voy tous ses Lyciens reuoltez contre toy.
Quoy? par là mon ardeur est-elle diuertie?
Mon honneur, mon deuoir, quitez-vous la partie?
Abandonner la Reine en ce coup important?
Va les perdre plustôt. Ne le fay pas pourtant:
Croy tu seruir la Reine, en perdant sa Famille?
Voy le bien de l'Etat, voy le bien de sa Fille;
Ouy, pour la mieux seruir, contre son propre vœu,
Epargne donc sa Fille, épargne son Neueu;
Et puis que Cenomant veut rendre la Prouince,
Pour le bien de l'Etat épargne encor ce Prince.
Tu les peux perdre tous, resous-toy seulement:
Sauue les tous plustôt, suy ce bon mouuement;
Amoureux de l'Etat, non plus de la Princesse,
Sauue luy son Royaume: ô penser qui me presse!

Le feray-je, mon cœur? ne le feray-je pas?
Amour, honneur, deuoir, que d'étranges combats!
Mais la Reine paroît; elle vient toute armée
Autant que de valeur de colere animée.

SCENE III.

ARTEMISE, DORALIE, ALCANDRE, HYPERIE.

ARTEMISE.

VOs pleurs & vos raisons sont foibles en cecy;
La mienne est de le perdre, & vous punir außi:
Aymer vn Ennemy? vous l'osez? quelle audace!
Quoy? Ceobante armer, contre moy? dans la place?

DORALIE.

Il m'ayme; ie le souffre, & pour vn plus grand bien.

ARTEMISE.

Ah! quel bien! c'est le vôtre, & ce n'est pas le mien.
Alcandre, que fait-il, ce Vaillant, ce Rebele?

ALCANDRE.

Ce que pour vn Amy fait vn Amy fidele.

ARTE-

ARTEMISE.

Couurir son attentat de ce nom specieux?
Quoy? nous aymoit-il moins? qu'il est officieux!

ALCANDRE.

Il soûtient vn Amy.

ARTEMISE.

Contre moy? que luy suis-je?

ALCANDRE.

Moins que l'honneur, & moins que sa foy qui l'oblige.

Il se fait du bruit derriere le theatre, & Hyperie arriue.

ARTEMISE.

Mais qu'entends-je? quel bruit!

HYPERIE. (arriuant.)

Madame, il est fort grand:
On nous vient d'auertir que le combat se rend,
Que le Prince est aux mains.

ARTEMISE.

Le Rebele! ah! le traitre!
Voyons contre ce fer s'il osera paraître.

ALCANDRE.

Madame, ce n'est rien; ne vous exposez pas,

Ne rendez pas mortels quelques legers combats ;
Ce sont coups de chaleur, vn tonnere sans foudre ;
Laissons passer ce vent qui fait vn peu de poudre :
Perdrez-vous vn Neueu ?

ARTEMISE.

Perdray-je mon pouuoir ?
Allons, allons ranger l'impie à son deuoir.

ALCANDRE.

Ne precipitons rien ; il ne peut entreprendre ;
Il est parmy les siens, mais c'est pour se deffendre :
Madame, donnez luy, sans le desesperer,
Le temps de voir sa faute, & de la reparer :
I'ay laissé contre luy mon Lieutenant Tyrene,
Qui l'obserue, & qui tient nos soldats en haleine.

ARTEMISE.

I'employ'ray donc ce temps à me plaindre de toy,
Fille, qui nous trahis, fille ingrate & sans foy.

ALCANDRE.

Ah! cessez ; plaignez vous d'Alcandre, & non pas d'elle ;
C'est moy qui suis le traître, & qui suis l'infidele.
Madame, il n'est plus temps de rien dissimuler ;
Nos maux & vos douleurs me forcent de parler :
Non non, n'accusez point cette sage Princesse,
Le Prince, ni ce Roy ; c'est moy, ie le confesse,

Ouy, c'est moy qui causay ce desespoir entr'eux,
Ie suis le plus coupable, & le plus mal-heureux;
De moy vient le desordre, & de ma tromperie:
Vn billét contrefait, de la main d'Hyperie,
Pour faire dans ce lieu reuenir Cenomant,
A causé tout ce trouble, & tout l'euenement: à Doralie.
Ah! Princesse innocente, & trop peu reuerée,
Puny ma trahison par ma bouche auerée,
Lâche ce coup de foudre, il est trop balancé,
Ie l'attends, iuste Ciel, il dût estre lancé.

ARTEMISE.

Croiray-je ce qu'il dit?

DORALIE.

Croyez mon innocence,
Dont vous aurez, Madame, entiere connoissance,
Et que ie n'auois veu Cenomant dans le Fort
Qu'à dessein de le perdre, & luy donner la mort.

HYPERIE. (bas.)

Dieux! qu'a-t'il d'écouuert? à peine ie respire.

ARTEMISE.

Ah! que de trouble! Alcandre! Il se taît, il soûpire.

ALCANDRE.

Que tarde vn coup du Ciel? viens, vange en vn moment

La Reine, son Neueu, sa Fille, & Cenomant:
Mais n'implorons que moy; sus, il se faut resoudre;
Viens me seruir mon bras, & de Ciel & de foudre.

ARTEMISE.

Où court ce Furieux? Arrétez, arrétez;
Tirez moy de ce trouble, en ces extremitez.

ALCANDRE.

Ah! Madame, voyez comme le Ciel conspire
Pour le bras qui vous ôte & vous rend vôtre Empire;
Ie parle contre moy, pour l'Etat seulement:
R'appellez Ceobante, acceptez Cenomant.

ARTEMISE.

Vn Ennemy?

ALCANDRE.

Ce nom par vn plus doux s'efface;
Il ayme, il est aymé.

ARTEMISE.

Que faut-il que ie fasse?
Tout me nuit, contre moy tout semble conjuré.

DORALIE.

Mais plustôt tout vous montre vn chemin asseuré.

ARTEMISE.

Ah ! ma Fille !

DORALIE.

Ah ! Madame !

ARTEMISE.

En ce combat étrange
Où faut-il haine, amour, honneur, que ie me range ?
O Nature ! ô mon ſang !

DORALIE.

Ouy c'eſt de ce côté.

HYPERIE.

Mais que voudroit Tyrene ? il vient d'vn pas hâté.

SCENE IIII.

TYRENE, ARTEMISE, ALCANDRE, DORALIE, HYPERIE.

TYRENE.

OVy, ces coups de valeur excedent la penſée.
Tout eſt perdu, Madame, & la Tour eſt forcée,
Ceobante eſt dedans auecque Cenomant.

ARTEMISE.

Courons y.

TYRENE.

C'est en vain.

ARTEMISE.

Courons y promtement.

TYRENE.

Quelque si promt secours, & quelque force humaine
Qu'on puisse faire agir, toute aßistance est vaine:
Ah! si quelque valeur nous pouuoit secourir,
Ce bras sçait attaquer, & ce cœur sçait mourir;
Mais il n'est plus besoin ni de mon bras ni d'autres.
I'obseruois Ceobante auec vn gros des nôtres,
Ses desseins, sa posture, & tous ses mouuements,
Selon l'ordre d'Alcandre, & vos commandements:
Quand i'ay veu tout à coup leurs troupes diuisées
Et se fendre, & tenir deux diuerses brisees;
Cenomant, qui commande vn Gros de Lyciens,
Marche, donne à la Tour; & Ceobante aux miens:
Il se fait entre nous vne rude mélée;
Tous montrent à l'enuy leur valeur signalée,
Chacun donne, ou receoit, ou s'auance, ou soûtient;
Tout me fuit; & tout plie où Ceobante vient,
Il combat en Lyon, pas vn ne l'ose attendre.

Quand vn cris de la Tour enfin ſe fait entendre :
Les miens ſont effrayez, & i'y tourne les yeux ;
Que voy-je? eſt-il croyable? ô ſort prodigieux!
La Tour eſtoit gagnée, & la garde deffaite ;
Lyzidan au deſſus crioit à la retraite ;
Cenomant à l'entrée, & ſur vn tas de corps,
Immoloit les derniers à ſes derniers efforts ;
Le Prince ſoûtenu s'y jette & s'y retire :
Tous nos ſoldats ſont froids ; on s'étonne, on admire ;
I'anime & preſſe en vain leurs courages ardents ;
Ils ne m'écoutent plus ; les autres ſont dedans.

ARTEMISE.

O lâcheté des miens! ô trahiſon inſigne!
Mais allons reparer leur action indigne.

TYRENE.

Madame, c'eſt en vain ; ie vous l'ay déja dit :
Quelque peu dans la Tour que l'on ſe deffendît ;
Outre qu'elle commande, & qu'on ſçait qu'elle eſt forte ;
Ils pouroient faire entrer du ſecours par la porte ;
Et moy-meſme i'ay veu viſitant nos foſſez
Vn bataillon des leurs qui s'approchoit aſſez.

ARTEMISE.

Doncque la Tour eſt priſe, & la porte eſt gagnée?
Et ie n'ay pas contre eux ma valeur témoignée?
Ie ſuis tombée, Alcandre, en ce honteux état

Par vos facilitez, & par leur attentat:
Mais allons....

ALCANDRE.

Où, Madame? en ce peril extréme
Je vay vous conseruer, ou me perdre moy-mesme;
Demeurez, s'il vous plaît; & vous, Tyrene aussi,
Il s'en va. *Et pour garder la Reine, & pour deffendre icy.*

ARTEMISE. (à sa fille.)

Et bien, ils ont la Place; & vous l'auez donnée:
Sont-ce là les apprests d'vn si noble Hymenée?

DORALIE.

Croyez moy, quoy qu'on puisse accuser Cenomant;
Sous le nom d'Ennemy toûjours il est Amant;
S'il a forcé la Tour, s'il a gagné la porte,
Et si de nos soldats vne partie est morte,
Ce qu'il a fait contre eux estoit pour se sauuer,
Moins pour nous perdre enfin que pour se conseruer;
S'il attaque, ce n'est qu'afin de se deffendre,
Et s'il nous a pris tout, il viendra tout nous rendre:
Aymez le seulement; & i'engage ma foy
De vous rendre la Place, & le Camp, & le Roy.

ARTEMISE,

Vous promettez beaucoup.

DORA-

DORALIE.

Il sera plus encore ;
Ie sçay bien à quel poinct il m'ayme ; & vous honore.

HYPERIE.

Mais voicy Lyzidan.

SCENE V.

LYZIDAN, TYRENE, ARTEMISE, DORALIE, HYPERIE.

LYZIDAN. (Aux pieds d'Artemise.)

QVi demande à genoux
Vne grace, Madame, & pour vous & pour nous.

TYRENE.

Ose-t'il bien paraître aprés sa perfidie ?

LYZIDAN.

Ceobante, Madame, & le Roy de Candie
Amenez par Alcandre, attendent sûreté,
Et l'honneur de parler à vôtre Majesté.

Q

ARTEMISE.

Quelle autre ſureté plus grande & plus certaine?
Tyrene s'en va. *Alcandre les conduit; receuez les, Tyrene.*
O Dieux! quelle ſurpriſe!

DORALIE.

Enfin vous treuuerez
Vn remede à nos maux les plus deſeſperez.

ARTEMISE.

Remede? ah! c'eſt vn mal que le bien que i'eſpere.
A Lyzidan. *Parlez; pour vous oüir ie ſuſpends ma colere:*
Quoy? n'entrer pas? s'ils ont & la porte & la Tour?
Qu'eſt-ce qui les retient?

LYZIDAN.

Le reſpect, & l'amour;
Ouy, le reſpect pour vous, l'amour pour la Princeſſe
Ont vaincu les Vainqueurs, font que la guerre ceſſe.
Sur le temps du combat, parmy ces grands efforts,
Où les coups s'entendoient & dedans & dehors;
Ceux qu'en entrant icy, ſans deſſein de ſurprendre,
Cenomant fit cacher, & qui deuoient l'attendre,
Voyant la porte ouuerte & le quartier forcé,
Paroiſſent à ce bruit ſur le bord du foſſé.
Cenomant rendu Maître, au deuant de la porte;
Qu'aucun n'entre, dit-il, que perſonne n'en ſorte;

Mon respect, mon amour ne le permettent pas,
Et l'vn & l'autre enfin sont plus forts que mon bras.
Il dit; on obeit, il faut qu'on y consente;
Quoy qu'à sortir au moins le porte Ceobante;
Il r'entre. Enfin suiuons le destin de ce iour,
La force a fait beaucoup, laissons faire à l'amour;
Allons voir, luy dit-il, la Princesse & la Reine;
Releuons leur espoir. Cela dit; il l'emmeine;
Aprés auoir laissé des forces dans la Tour
Ou pour leur asseurance, ou bien pour le retour;
Et quoy que les plus forts, tous deux d'vne ame haute,
Compagnons de vertu, compagnons dans la faute
Ils viennent genereux, d'vn vœu determiné,
Ou mourir, ou fléchir vôtre cœur obstiné.

DORALIE.

Connoissez-vous le leur? cette action le montre.

LYZIDAN.

Prés du Palais Alcandre en a fait la rencontre:
Ils se sont embrassez; tous trois viennent icy.

ARTEMISE.

Trois, pour combatre vn cœur? ah! c'est trop.

HYPERIE.

Les voicy.

SCENE DERNIERE.

ALCANDRE, ARTEMISE, CENOMANT, CEOBANTE, DORALIE, LYZIDAN, HYPERIE, TYRENE.

ALCANDRE.

VOyez comme le Ciel en peu de temps trauaille:
l'ameine sans effort, sans combat, sans bataille;
A vos sacrez genoux deux Princes animez,
Que vôtre seul respect, Madame, a desarmez.

ARTEMISE. (Voyant Cenomant à genoux.

Vous m'offensez, grand Roy, cét état me fait honte.

CENOMANT.

C'est en ce seul état qu'il faut que ie vous domte:
I'ay par tous les moyens cherché vôtre amitie,
Et voicy le dernier, ie l'attends par pitie;
Ce que n'ont pû les feux, ni le sang, ni les armes,
Vn doux effort le peut, & c'est celuy des larmes:
Mais pour ne rendre pas mon courage suspect,
Ce sont larmes d'honneur, & larmes de respect,
Par qui mon cœur muét parle sur mon visage;
C'est la premiere fois que i'en treuue l'vsage;
Ce ne sont pas des pleurs que l'honneur nous deffend:

Ie pleure ma victoire, & pleure en triomphant;
Ie fay, mais dans l'honneur, ce qui nous deshonore;
Et c'est pour vous fléchir; & c'est combattre encore;
Souuent pour les Vaincus les Vainqueurs ont pleuré;
Qui sans honte le fait n'est pas deshonoré:
Prenez pour vos sujets, prenez pour la Carie,
Prenez pour mon amour, prenez pour ma furie,
Pour vos pertes, vos soins, vos maux, & vos malheurs,
Ce qui vous rendra tout; la gloire de mes pleurs.
Voila comme en ce lieu ie viens vous satisfaire,
De tant d'efforts cruels par vn effort contraire;
L'œil paye icy le sang que le bras a versé:
Mais comme ce ruisseau coule d'vn cœur percé;
Puis qu'on ne doit payer vn sang que par vn autre;
Les pleurs sont sang du cœur; prenez le pour le vôtre;
Et croyez que ce sang qui coule de mes yeux,
Comme il me coûte plus, vous est plus glorieux;
Qu'il m'est plus difficile, & marque mieux mes peines,
Que de tirer d'vn coup tout l'autre de mes veines;
Et que pour reparer tout le mal enduré,
C'est vous vanger assez de dire : Il a pleuré.

ARTEMISE.

Que sents-je?

DORALIE.

Il l'attendrit.

CEOBANTE.

Ce peu d'eau qu'il vous donne
Vous rend tous vos Sujets, vous rend vôtre Couronne;
Ce peu d'eau genereuse à son crime effacé,
Laue vne mer de sang que son bras a versé,
Etaint l'embrasement des Châteaux & des Villes,
Et va rendre par tout vos campagnes fertiles,
Rafraichir vôtre cœur, noyer vôtre couroux:
Que ce peu d'eau, Madame, enfin nous sauue tous.

ARTEMISE.

Qui l'eust creu? Cenomant m'attaque par des larmes!
Ah! qu'elles ont de force! ah! qu'elles ont de charmes!
Comme les goûtes d'eau penetrent vn rocher,
Mon cœur est amolli que rien ne pût toucher:
Ouy, grand Roy, l'action est si forte & si belle,
La generosité m'en paroît si nouuelle,
Qu'au lieu de me vanger, mon esprit combattu
Loue en secrét vn mal qui finit en vertu:
Qu'vn doux calme va suiure vn si sanglant orage!
Qu'vn peu d'eau fait cesser de trouble en mon courage!

CENOMANT.

Donc, ô moment heureux! ce grand cœur offensé
Se relâche, & se rend quand ie l'ay moins pensé?
C'est icy, c'est icy, le vray coup de ma gloire;
Oublions mes combats; c'est icy ma victoire:

Pour vaincre ce grand cœur ; ô prodige nouueau !
Rien ne l'auoit pû faire ; il ne faut qu'vn peu d'eau :
O belle eau triomphante ! ô glorieuses larmes !
Vous estes aujourd'huy plus fortes que mes armes ;
Armes des mal-heureux, instruments de pitié,
Vous chassez le couroux, domtez l'inimitié,
Et faites beaucoup plus que le fer & les flames ;
Leur force est sur les corps, & vous forcez les armes.
Mais, pour bien acheuer ce miracle d'vn iour,
Aux armes de pitié ioignons celles d'amour :
Dedans ces mesmes yeux voyez, belle Princesse, à sa Maistresse.
Vn deluge de feux alors que l'autre cesse ;
Que l'vn & l'autre gagne, ô miracles d'vn iour !
La Mere par pitié, la Fille par amour.

ARTEMISE.

Vos generositez, vostre amour exemplaire,
Grand Roy, vous ont acquis & la Fille & la Mere.

CENOMANT.

Que de felicitez ! O Dieux ! où sommes-nous ?
Qu'en luy baisant la main i'embrasse vos genoux !

DORALIE.

O mon cœur, que de ioye aprés tant de tristesse !

CEOBANTE. [à Artemise.]

Pour mieux goûter, Madame, une telle allegresse,
Pardonnez mes transports, & tous mes feux passez.

ARTEMISE.

Ses pleurs les ont étaints, & les ont effacez.
Lyzidan, prenez part à la grace commune.

DORALIE.

Vous de mesme, Hyperie.

HYPERIE.

O faueur! ô fortune!
Ce pardon sans le Ciel ne pouuoit nous venir.

ALCANDRE.

Madame, il reste encore à vous ressouuenir.

ARTEMISE.

Dequoy?

ALCANDRE.

Pour dégager & vous & la Princesse,
Qu'elle doit estre à moy, suiuant vôtre promesse.

ARTEMISE.

Qu'elle doit estre à vous?

ALCAN-

ALCANDRE.

Par les loix du serment,
Depuis qu'entre vos mains i'ay remis Cenomant.

DORALIE.

Que dit-il ? dans le port, quoy ? ferois-je naufrage ?

CEOBANTE.

Vous ne l'y mettez pas ; c'est moy.

CENOMANT.

C'est mon courage.

TYRENE.

Que deuons-nous attendre encor de tout cecy ?

ALCANDRE.

C'est moy, qui l'ay conduit & fait venir icy,
Ouy, ie l'ay fait entrer ; interrogez l'Esclaue :
Mais ne vous troublez point.

CEOBANTE.

Quoy ? qu'vn sujét nous braue ?

Extraict du Priuilege du Roy.

PAr grace & Priuilege du Roy, donné à Paris le 23. Decembre 1641. Signé, Par le Roy en son Conseil, DE MONCEAVX, Il est permis à TOVSSAINT QVINET, Marchand Libraire à Paris, d'imprimer ou faire imprimer, vendre & distribuër vne piece de Theatre, intitulée, *L'Arthemise ou le Mauzolée, Tragicomedie*, durant le temps & espace de cinq ans, à compter du iour qu'il sera acheué d'imprimer. Et defenses sont faites à tous Imprimeurs, Libraires, & autres, de contrefaire ladite piece, ny en vendre ou exposer en vente, à peine de trois mil liures d'amende, de tous ses despens, dommages & interests, ainsi qu'il est plus amplement porté par lesdites Lettres, qui sont, en vertu du present Extraict, tenuës pour bien & deuëment signifiées, à ce qu'aucun n'en pretende cause d'ignorance.

Acheué d'imprimer pour la premiere fois, le dernier Mars. 1642.

Les Exemplaires ont esté fournis.

www.ingramcontent.com/pod-product-compliance
Lightning Source LLC
LaVergne TN
LVHW012012220826
846092LV00001B/327

* 9 7 8 2 3 2 9 7 6 9 4 0 0 *